죽고 싶은
날은 없다

EDVARD
written by Zoe Beck

Baumhaus Verlag in the Bastei Lubbe GmbH & Co. KG
ⓒ 2011 Bastei Lubbe GmbH & Co. KG, Koln, Germany
All rights reserved
Korean translation copyright ⓒ 2013 by Gachi-Changjo Publishing Co.

This Korean edition is published by arrangement with
Baumhaus Verlag in the Bastei Lubbe GmbH & Co. KG, Koln through Bruecke Agency, Seoul.

죽고 싶은
날은 없다

1판 1쇄 | 2013년 1월 23일
1판 3쇄 | 2015년 4월 10일

지은이 | 조에 벡
옮긴이 | 정성원

펴낸이 | 모계영
펴낸곳 | 가치창조
편   집 | 박지연
디자인 | 한은경

등   록 | 제406-2012-000041호
주   소 | 서울시 마포구 모래내로 7길 12, 202
전   화 | 070-7733-3227   팩   스 | 02-303-2375
이메일 | shwimbook@hanmail.net   블로그 | http://blog.naver.com/gachi2012

ISBN 978-89-6301-072-4 43850
     978-89-6301-071-7 (세트)

이 도서의 국립중앙도서관 출판시 도서목록(CIP)은 e-CIP 홈페이지(http://www.nl.go.kr/ecip)와
국가자료공동목록시스템 (http://nl.go.kr/kolisnet)에서 이용하실 수 있습니다.
(CIP 제어번호: 2013000205)

단비청소년은 도서출판 가치창조 출판그룹의 청소년 책 전문 브랜드입니다.

죽고 싶은 날은 없다

조에 벡 지음 | 정성원 옮김

단비청소년

차례

운이 좋다면 개학하기 전에 죽고 싶다······7

어째서 날 살렸단 말인가······15

난 구원받았다······81

내 삶은 끝났다······106

죽고 싶은 날은 없다······117

🐤 일러두기

1. 본문 중에 주인공 주변 인물들이 음주, 흡연을 하는 장면
이 나옵니다. 원서가 독일문학이기 때문에 우리나라와는 문
화가 많이 다릅니다. 청소년 문학임에도 불구하고, 원서를
살리고 독일의 문화를 보여 주기 위하여 삭제하지 않고 실
었습니다.

2. 독일은 나이를 만으로 셉니다. 본문에서는 우리나라 청
소년들이 이해하기 쉽게 우리나라 식으로 나이를 표기했습
니다.

3. 독일의 교육제도는 4학년까지가 초등교육이고, 중등교
육부터는 진로에 따라 학년이 다릅니다. 취업이 아닌 대학
진학을 목표로 하고 있는 주인공은 5학년부터 10학년까지
가 중등교육이고, 11학년부터 13학년까지가 고등교육에 해
당되는 학교에 다니고 있습니다.

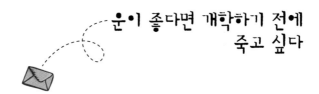

운이 좋다면 개학하기 전에
죽고 싶다

8월 18일 목요일 오후 3시 32분

운이 좋다면 개학하기 전에 죽고 싶다.

물건을 사러 가다가 우연히 헹크를 만났다. 헹크는 나와 같은 반이지만 나를 좋아하진 않는다. 걔는 혼자였다. 난 혼자인 헹크를 보고 이렇게 생각했다. 걔가 자기 친구들 없이 혼자 다닐 때는 입이나 좀 닥쳤으면 좋겠다고 말이다. 걔 얘기를 들을 사람은 아무도 없으니까 말이다. 헹크는 나를 보자 나에게 다가와서 말을 꺼냈다.

"야, 이 멍청아. 키가 좀 컸냐? 아니면 너희 부모님도 모르는 너희 형이랑 몸을 바꾼 거냐?"

난 10센티미터쯤 자랐다. 진짜다. 한 밤 자고 나면 그럴 수도 있는 일이다.

나는 "꺼져 줄래?"라고 했다.

헹크는 거의 바닥에 구를 정도로 웃어 젖혔다.

"우하하하, 너 진짜 얼마나 웃긴 줄 아냐? 나보다 좀 커졌지만 목소리는 아직 계집애네."

이번에 나는 "꺼져 버려."라고 했다.

"너한테 별명 하나 지어 줘야겠다. 이제 더 이상 '멍청이'라고 안 부를게."

"확 죽어 버려라."

"오늘부터 넌 '계집애'야. 으히히, 웃겨서 배꼽이 다 빠질 지경이야."

나는 "너야말로 냄새나는 띨띨이야."라고 말하곤 유기농 슈퍼마켓으로 몸을 돌렸다.

난 장바구니를 하나 집어 들고서 통로로 뛰어들었다. 어깨 너머로 헹크가 뒤쫓아 오지 않는다는 걸 확인하는 순간 국수 코너 앞에 있던 쇼핑 카트에 꽝 부딪혔다. 그런데 하필이면 그 쇼핑 카트는 콘스탄체와 걔 엄마가 끌던 것이었다.

"드 비니 씨네 아들이 아니니?"라고 콘스탄체 엄마가 완전 큰 목소리로 말했다.

"윽, 안녕, 에드바르트."라고 콘스탄체가 인사했다.

나는 얼굴이 빨개졌다. "안녕."하고 인사를 하려고 했는데 내 목소리가 여자애 같다는 게 떠올라서 아무 말도 하지 않고 청소 도구 코너로 도망쳤다. 콘스탄체 엄마가 뒤에서 큰 소리로 얘기하는 게 들렸다.

"아버님한테 안부 인사 전해 주렴."

커피 특별 판매대를 뒤집어엎기 바로 직전에 말이다.

아무래도 전학 가야겠다.

8월 19일 금요일 오전 10시 27분

아직 방학이 일주일 남았다.

하지만 아직 가슴에 털은 나지 않았다. 게다가 운동을 하건 안 하건 내 나이 때가 되면 근육이 많이 생긴다고 책에서 읽었는데, 아직 근육도 전혀 생기지 않았다. (난 운동은 하지 않는다.) 그리고 아직 변성기도 시작되지 않았다.

옷은 이제 더 이상 맞지 않는다. 다행히도 날이 더워져서 이제 무릎까지밖에 오지 않게 된 바지는 입지 않아도 된다. (아니, 딱 그렇다는 건 아니지만.) 새 신발도 필요하다. (밤새) 발이 엄청 커 버렸기 때문이다.

조금 전에 엄마가 통밀 빵밖에 갖다 놓지 않아서 다른 빵을 사러 빵집에 잽싸게 달려가다가 개똥을 확 밟아 버렸다. 옆집 할아버지가 기르는 푸들이 잔뜩 싸 놓은 것이었다.

할아버지는 저 똥개 똥을 치우는 법이 없다. 할아버지네 개만 인도에다 똥을 싸지르는 걸 다 알고 있지만, 모두 할아버지를 싫어하기도 하고, 감히 할아버지에게 말하려고 하는 사람도 없다. 아무도 할아버지에게 말을 걸지 않고 할아버지 역시 아무에게도 말을 걸지 않는다. 거참 희한한 사람이다.

물론 난 내 신발을 버릴 수 있다. 다시는 깨끗해지진 않을 테니까 말이야. 으으으으으.

개똥 밟은 게 이번이 벌써 일곱 번째다. 난 애당초 그 할배가 정말 싫었다. 그 더러운 푸들 똥개는 더 싫고. 엄마에게 49짜리 (우리나라 신발 사이즈로는 330밀리미터다.―옮긴이) 신발 한 켤레나 새로 사 달라고 문자 넣어야겠다.

8월 19일 금요일 오후 5시 58분

좀 생각해 봤다. 내 몸이 이런 건 둘 중의 하나다.

하나는 사춘기에 대한 증상 자체가 나 같은 어린애를 자살하게 만들려고 발명된 성교육 캠페인인 것이다.

아니면 실은 내가 엄청 어린데 우리 엄마, 아빠가 내 생일을 속였고, 그래서 아직 변성기나 다른 것들이 오지 않고 있는 것이다. 뒤가 더 그럴 듯해 보인다.

~~역시 엄마, 아빠가 내 생일을 속였다고 생각한다. 그리고 성교육 캠페인들도 사춘기에 대한 엉터리 정보를 전달하려고 했다고 생각한다. 내가 울면서 다리 위에서 뛰어내리게 하려고 말이다. 그리고 내 가짜 생일을 알아차리고 엄마, 아빠 약점을 들추어내는 걸 막기 위해서 말이다.~~

(윗글은 취소다. 다시 한 번 읽어 봤더니 좀 과대망상 같아 보인다. 하지만 완전히 지워 버리진 않겠다. 혹시 내가 맞을지도 모르니까. 그럼 내가 처음부터 다 알고 있었다는 증거가 될 것이다.)

(어쩌면 이런 걸지도 모른다. 진짜 우리 엄마, 아빠가 날 어디엔가 버리고 지금 엄마, 아빠가 어디선가 날 발견해서 데려온 것이다. 그래서 엄마, 아빠는 내 정확한 생일을 모르는 것이다. 이렇다면 모든 게 다 설명이 된다. 모든 게 다!)

아무튼 털 때문에 화나 죽겠다. 그게 지금 얼마나 중요한데. 난 언제나 반에서 말라깽이였다. 지금은 딴 애들보다 훨씬 말라깽이인데 키는 몇 미터나 더 크다. 게다가 목소리는 여자애 같다. 뭐 어쨌거나 다 좋다. 하지만 적어도 가슴에 털은 좀 났으면 좋겠다.

헹크는 아침마다 얼굴뿐만이 아니라 팔과 가슴에도 면도질을 한다고. (아르투어는 "걔가 또 어디를 밀고 있는지 알고 싶지 않지?"라고 했는데, 그래, 알고 싶지 않다고.)

(어쩌면 헹크네 부모님이 걔 생일을 속이고 있을지도 모른다. 걘 분명히 두 살은 더 먹었을 거야.)

(분명히 말하자면 나도 털이 있다. 가슴 털 말고. (머리카락 말고.))

지난주엔 면도할 수 있을 정도로 가슴 털을 기르기 위해 할 수 있는 건 다 해 봤다. 심지어는 아침에 샤워할 때마다 아빠가 쓰는 카페인 샴푸를 사용했다. 그 샴푸가 머리카락을 자라게 한다고 해서 가슴에다 특별히 사용했다.

미래에 내가 옷을 갈아입을 때 살아남을 수 있을지 정말 모르겠다.

어제는 엄마, 아빠에게 제발 내 신발 좀 어디에다 숨겨 달라고 사정했다. 하지만 엄마는 그저 "애야, 이게 벌써 네 번째 학교잖니. 우리도 해 볼 건 다 해 봤단다. 발도르프학교, 몬테소리, 사립 전일제학교. 전일제학교에선 심지어 언어와 예술과에서 수학과 자연과학과로 바꾸기까지 했잖니. 이젠 넌 지겹도록 정상적인 국립 김나지움에서 5년은 더 다녀야 해."라고만 했다.

아빠가 말했다.

"4년이야. 이젠 아비투어(독일의 고등학교 졸업 시험인 동시에 대학 입학 자격시험이다.-옮긴이)까지 12년밖에 안 걸려."

엄마가 큰 소리로 말했다.

"12년이 아니라 4년이겠지요."

내가 "그렇다면 8학년 다시 다니게 해 주세요. 성적이 형편없 잖아요."라고 낙담해서 말했다.

그러자 아빠가 "그래, 그렇지만 네가 멍청해서가 아니라 지나 치게 겸손해서란다."라고 했다.

나는 "내가 지나치게 겸손해서가 아니에요. 난 그저 한 번 더 다니고 싶을 뿐이에요."라고 했다.

하지만 내 요청은 성공하지 못했다.

"안 돼!"

동시에 엄마와 아빠가 말했다.

별 수 없지. 열흘 뒤에는 학교에 가야 한다. 가슴 털도 없고 근 육도 없는데 팔다리는 무지 긴 채로. 애들은 날 '계집애'라 부 를 거야. 콘스탄체는 날 무시하겠지. 내 삶은 끝났어.

덧붙임.

49짜리 새 신발을 신고서 또 개똥을 밟았다.

엄마가 말했다.

"이번엔 내 던지지 말려무나."

나 : 개똥을 밟았다고요.

엄마 : 새 신발로 말이지. 이번엔 닦아 신어라.

나 : 근데 이 냄새나는 개똥을 어떻게 신발 바닥에서 긁어내야
할지 모르겠어요.

엄마 : 으이구, 그렇다면 배워야지. 이런 걸 배워야 어른이 되
는 법이란다.

나 : 저 할아버지한테 내 새 신발 사 내라고 하면 안 돼요? 할
아버지네 개잖아요. 게다가 할아버지는 인도를 청소하지
도 않잖아요.

엄마 : 그럼 가서 할아버지한테 얘기해라.

하하하. 그럴 수 있을까? 과연.

어째서 날 살렸단 말인가

8월 20일 토요일 오후 4시 43분

오늘부터 우리 가족은 어느 농가에서 휴가를 보낸다.

아빠는 이번 계획을 꾸미면서 엄마에게 "저 녀석은 이번 방학 때 진짜 멋진 걸 경험할 거야."라고 말했다. 또, "산다는 게 뭔지 좀 배우겠지. 살기 위해선 끈기가 얼마나 중요한지도 알게 될 거야."라고 말했다. (아빠는 내가 아빠 말을 듣고 있다는 것을 몰랐다.)

엄마는 당연히 아빠 말에 감격했다. 그래서 지금 발트해(발트 해는 독일 북부에 있는 바다로 독일 이름은 오스트제다. 바다를 건너면 스웨덴과 핀란드를 갈 수 있다.-옮긴이)에 있는 어느 농가에 와 있는 것이다.

우리는 근처 큰 마을에 차를 세워 두고 나서 자전거를 타고 농가로 굴러 들어갔다. 아빠는 자전거 뒤에 작은 수레를 매달아 우리 짐을 옮겨 실었다. 왜 자동차로 들어가지 않는지 정말 모르겠다. 모래밭 길에 아빠 차가 망가질 것을 걱정해서 그런 거라고 생각했는데 진입로는 말짱해 보였다.

농가는 멀리서 봤을때 그림엽서에 있는 배경처럼 보였다. 갈대로 엮은 지붕과 격자 모양의 흰색 창문, 초록색 대문에 빨간색 벽돌집이었다.

하지만 우리가 도착했을 때, 그 그림은 산산조각이 났다. 뭔지 모를 악취가 풍겼고 여기저기 동물들이 뛰어다녔다. (심지어는 수탉 한 마리가 날 마구 쪼아 대기도 했다.) 건물 뒤에는 엄청나게 높은 두엄 더미가 있었다. 그리고 농부 아저씨와 아줌마는 방금 마구간에서 나온 것처럼 지저분했다.

농부 아저씨가 말했다.

"우린 방금 마구간에서 나왔단다."

엄마가 감격하며 말했다.

"와, 정말 멋져요."

아줌마가 윙크하며 말했다.

"음, 부모님이랑 같이 다니는 휴가는 이번이 마지막이겠군요? 곧 거친 현실을 맞닥뜨리겠죠. 아비투어는 마쳤나요?"

뭐가 어떻게 잘못된 건지 정말 모르겠고, 또 저 아줌마가 날 놀리려고 하는 거 같아서 내 눈은 똥그래지고 말았다. 내가 "전 이제 9학년이에요."라고 말하자, 아줌마 눈이 왕방울만 해졌다.

아줌마는 "어이쿠, 미안 미안, 난 그저…… 널 보면 사람들이…… 넌 진짜로 그렇게……." 하고 말을 더듬다 도망가 버렸다.

아저씨가 우리가 묵을 방을 보여 줬다. 내 방은 엄마, 아빠 방에서 완전 멀었다. 그건 좋았다. 그런데 방에 가기 전에 농부 아저씨가 화장실은 집 안 반대편 끝에 있다고 알려 줬다. 그건 별로였다.

"몇 년 전엔 화장실이 집 바깥에 있었단다."라고 아저씨가 말했다.

나는 "하하하, 거짓말 마세요."라고 했다.

아줌마가 갑자기 나타나서는 빳빳한 새 수건을 툭툭 털며 "당신 말을 안 믿네요."라고 했다.

아저씨가 말했다.

"겨울에 진짜 추울 때는 오줌을 누면 김이 막 올라왔지."

나는 "말도 안 돼요!"라고 했다.

"뒷간은 원래 그래. 아주 옛날에 우리 부모님은 화장지 대신 신문지를 썼단다."

"안 믿어요."

"음, 다 옛날 얘기야. 지금은 집 안에 멋진 재래식 화장실이 있지."

"자꾸 거짓말하지 마세요."

아저씨는 "아니, 진짜란다. 보여 주랴?" 하더니 오던 길을 되돌아가서 화장실 문을 열었다. 아주 작은 방이었다. 화장실은 다른 여느 화장실과는 달랐고 완전 후졌다. 아저씨가 뚜껑을 열어 줘서 그 안을 뚫어지게 쳐다보았다.

"아무것도 안 보여요. 완전 깜깜해요."

아저씨가 큰 소리로 웃었다.

난 그 시커먼 구멍을 계속 쳐다봤다. 하지만 어둡기만 하고 아무것도 보이지 않았다. "그럼 변기 수조는 어디 있어요?"라고 물었다.

"그런 건 없지. 재래식이라니까."

아저씨는 재래식이라는 말을 아주 또박또박 발음했다.

"다른 화장실이 있죠?"라고 물었다. 이런 곳은 도저히 갈 수가 없으니까.

아저씨가 또 큰 소리로 웃었다.

"이리로 와라. 네가 잘 곳을 보여 주마."

아저씨는 나를, 복도를 따라 쭉 데려갔다. 그러더니 나를 한 컴컴한 방에 밀어 넣었다. 방은 사물함만큼 작아 보였다. 그곳에는 겁나 엄청나게 큰 짙은 갈색의 나무 옷장이 꽉 들어차 있었다. 처음에는 그 옷장에서 자야 하는 줄 알았다. 왜냐하면 이 방에 다른 뭔가가 있을 거 같지 않아서였다.

하지만 곧 옷장 뒤편으로 짙은 갈색의 나무로 만든 침대가 보였다. 천장 아래로는 길쭉한 창문이 있었는데, 마치 지하실 창문 같았다. 창문은 닫혀 있었다. 방에서는 좋은 냄새가 전혀 나지 않았다.

아저씨가 친절하게 말했다.

"방 아래에 돼지우리가 있단다. 창문을 열지 않는 게 좋을 게다. 특히 밤중에 불을 켤 때에는 꼭 닫아 두는 게 좋단다. 모기가 잔뜩 들어오거든."

아줌마가 방으로 들어오더니 침대에 엄청 큰 이불과 베개를 놓고는 말했다.

"자, 이제 편히 잘 수 있을 게다."

아저씨 말에 내가 대답했다.

"바깥 온도가 30도가 넘는다고요. 창문을 열지 않으면 저는 쪄 죽을 거예요."

"여기 밤은 도시보다 훨씬 춥단다, 애야."

아줌마가 내 머리를 쓰다듬으며 말했다. 그러려고 아줌마는 까치발을 해야 했다.

8월 20일 토요일 오후 6시 15분

엄마, 아빠 방은 엄청 컸는데 어찌나 큰지 사람 열 명이 들어가 살아도 얼굴 볼 일이 없을 정도였다. 게다가 창문으로 햇빛이 들어왔다. 냄새도 나지 않았다. 이건 뭔가 좀 억울하다. 엄마, 아빠에게 화장실에 가 봤냐고 물었다. 엄마가 곧바로 재래식 화장실의 장점을 늘어놓기 시작했다.

나는 "나 화장실 어디로 가야 해요? 저런 화장실은 못 가요." 라고 했다.

아빠가 "급하면 어디에서든지 다 눌 수 있어."라고 했다.

"난 아님."이라고 했다.

아빠가 "두고 보렴." 하고 말했다.

아하. 그렇군. 발트해에 가면 되겠다. 그곳에서는 아무에게도 눈에 띄지 않는다. 그런데 여기에서 발트해까지는 1.5킬로미터나 떨어져 있다. 그곳은 그냥 쉽게 걸어갈 수 있는 거리는 아니다. (하지만 아빠는 "오케이, 그냥 걸어갈 수 있는 거리네."라고 했다.)

내일은 우유 짜는 데에 간다고 했다. 난 재밌을 거 같지는 않다고 했다. 살아 있고, 냄새나고, 울어 대고, 지저분한 진짜 소 떼를 꼭 봐야 할 필요가 있나? 내가 무엇을 잘하는지는 내가 더 잘 안다. 하지만 엄마는 "관심사는 한 번 보고 바로 생기지 않을 수도 있지. 가끔은 깨우쳐 줘야 할 때도 있어."라고 말했다.

내가 말했다.

"무엇보다도 새벽에 우유 짜러 가는 시간에 맞추어 깰 수 있을까요? 일찍 일어나는 건 내 바이오리듬에 안 좋아요. 난 종달새과가 아니라 올빼미과라고요."

"올빼미과?"

내가 꼭 참을성 있게 설명했다.

"세상엔 두 종류의 인간이 있는데, 종달새처럼 일찍 일어나는 사람들과 올빼미처럼 밤늦게까지 안 자는 사람들이에요. 난 확실히 올빼미과예요."

"올빼미과라고?"

"네."

"네가 올빼미과라는 건 어떻게 알게 됐지?"

난 어깨를 웅크렸다. 가끔 엄마, 아빠가 학교나 제대로 다녔는지 정말 궁금할 때가 있다. 과연 아비투어는 치렀을까?

"난 아침엔 만날 피곤하고 밤엔 쌩쌩해요."

엄마는 날 잠시 쳐다보더니 어이없다는 듯이 웃었다.

"시골 공기는 건강에 좋을 거야. 자연과 동물과 친하게 지내는 것도 마찬가지야."

난 "냄새난다고요."라고 말했는데 그때 농부 아저씨가 두리번거리며 방금 우리 곁을 지나가는 모습을 볼 수 있었다.

8월 20일 토요일 오후 6시 30분

재래식 화장실은 오줌 눌 때에 처음 사용해 봤다. 화장실에 가야 할 때, 어떻게 해야 할지 여전히 모르겠다. 어쩌면 근처에 카페가 있을지도 모르겠다. 어떤 공중화장실이라도 이 재래식보다는 훨씬 좋을 것 같다. 침대에 누워서 내가 가장 좋아하는 책을 읽었다. 제목은《별》이다. 별에 관한 이야기다.

8월 20일 토요일 오후 8시 19분

저녁에 소시지가 나오지 않았다. 대신에 집에서 구운 빵, 집에서 만든 버터, 집에서 만든 치즈와 집에서 낳은 달걀이 나왔다.
내가 "아침 식사랑 똑같네."라고 하자, 엄마가 "이게 채식이란다."라고 했다.
내가 "소시지 먹고 싶어요."라고 하자, 농부 아저씨가 엄마를 쳐다보고는 내게 "집에서 키운 돼지로 만든 햄을 줄까?" 하고 말했다.

내가 "들었죠? 집에서 키운 돼지 먹을래요."라고 했다.

엄마가 "우리는 채식으로 세 번 예약했단다." 하고는 농부 아저씨를 슬쩍 쳐다봤다. 그러고는 "이번 주만이야, 에드바르트야. 그렇게 하기로 했잖니. 넌 고기를 너무 많이 먹고 있어."라고 말했다.

"하지만 아저씨한테 집에서 잘 키운 돼지가 있다잖아요."

"있고 없고를 떠나서 네 건강을 생각해서 하는 말이야." 하고 아빠가 끼어들었다.

농부 아저씨가 "치즈, 버터, 달걀은 동물성 단백질이란다." 하며 두리번거렸다.

내가 "그게 바로 제가 하려던 말이었어요." 하고는 아저씨를 보고는 무언가 음모를 꾸미듯 고개를 끄덕였다. 사람은 채소만 먹고는 못 사니까!

하지만 아저씨는 두 손으로 얼굴을 비비며 끙 소리를 내느라 보지 못했다.

엄마가 "앤 이런 음식에 익숙해져야 해요. 혹시 두부 있나요?"라고 했다.

"난 두부 안 먹어요."라고 했다.

"두부는 소시지랑 맛이 비슷하잖니."

"집에서 만날 그렇게 말했죠. 하지만 두부는 소시지 비슷한

맛도 안 나는걸요."

아저씨가 "직접 집에서 만든 잼이나 발라 먹는 것 다른 거라
도 좀 드릴까요? 전부 식물성인데요."라고 말했다. 아저씨는 여
전히 얼굴을 손으로 가리고 있어서 목소리가 완전 묵직했다.

"아, 저 좀 주세요."라고 아빠가 말했다.

엄마는 "저도요."라고 했다.

난 "그럼 전 지금 집에서 만든 햄을 먹을 수 있나요?"라고 물
었다. 엄마, 아빠의 관심사가 그 발라 먹는 것에 온통 쏠려 있기
만을 바라면서.

"안 돼!" 하고 둘이서 동시에 소리를 질렀다.

농부 아저씨는 숨을 깊게 들이마시더니 나갔다. 아저씨는 두
통이 생긴 게 틀림없다.

난 치즈빵을 받으면서 재채기를 여러 번 했다.

"에드바르트야, 오늘 저녁엔 재채기를 많이 하는구나. 감기
걸렸니?" 하고 엄마가 물었다.

"분명히 에어컨 때문일 거야." 하고 아빠가 말했다.

"그러게 그렇게 온도를 낮추지 말라고 했잖아요."

난 재채기를 또 하면서 말했다.

"난 괜찮아요. 그냥 침대에 누워야겠어요. 내일 새벽같이 일
어나야 하잖아요."

아빠가 말했다.

"이제 겨우 일곱 시잖니. 바닷가에 나가 산책하려고 했는데……."

난 "바다는 너무 멀어요."라고 대답했다.

아빠가 말했다.

"겨우 1.5킬로미터야. 자전거 타고 갈까?"

"오늘 이미 자전거 탔다고요."

"거기선 일몰을 볼 수 있잖니. 해가 바다로 들어가는 모습이 얼마나 멋지겠니."

내가 말했다.

"거기서 몇 시간 기다려 보세요. 해가 뜨는 모습을 볼 거예요. 여긴 동쪽 바다라고요."

아빠는 아직도 지도를 볼 줄 모른다.

"그냥 놔두세요. 쟤도 자유 시간이 필요해요. 이제 열입곱이 되잖아요."라고 엄마가 말했다.

"일곱 달이 더 지나야 열입곱이지."라고 아빠가 말했다.

"반년 좀 더 지나야죠."라고 내가 결론을 내렸다.

"그러니까 얜 아직 16과 2분의 1이 안 된 거라고." 하며 아빠가 우리에게 설명했다.

"하지만 얘도 이젠 어린애가 아니에요. 그리고 자유 시간이 필요한 나이예요."라고 엄마가 말했다.

난 고개를 끄덕였다. 난 절대로 1킬로미터도 넘게 떨어져 있는 바닷가로 나가서 헉헉대고 싶은 생각이 없었다. 난 오늘 일주일치 흘릴 땀을 이미 다 흘렸다. 땀 나는 건 정말 싫다.

엄마, 아빠만 바닷가로 갔다. 난 돼지우리 바로 위에 있는 작은 방에 앉아서 노트북을 켰다. 적어도 와이파이는 됐다.

이 농가는 꽤 괜찮은 홈페이지를 가지고 있었다. 농부 아저씨가 직접 만들었는데도 말이다. 홈페이지 소개에 농부 아저씨가 직접 만들었다고 나와 있다.

난 사실 다른 무엇도 아닌 콘스탄체 때문에 노트북을 들고 왔다. 콘스탄체는 페이스북을 한다. 나도 페이스북을 한다. 하지만 내 이름이 아닌 다른 이름으로 한다. 당연히 사진도 내 것이 아니다. 진짜 쿨해 보이는 내 또래 남자아이 사진을 사진 사이트에서 저작권이 없는 걸로 하나 산 것이다. 이름은 제이슨 마일즈로 하고 미국인 교환학생인 것처럼 글을 올렸다.

콘스탄체는 친구 요청을 하자마자 1분도 되지 않아 수락했다. 콘스탄체는 내가 본명으로 페이스북을 만들었을 때는 반년도 더 넘게 날 모른척했다. 그래서 내 페이북은 없애 버렸다. 콘스탄체는 제이슨 담벼락에 계속 글을 쓰고 심지어는 자기 사진을 올리기까지 했다. 제이슨 덕분에 난 콘스탄체에 대한 모든 것을 알 수 있다. 콘스탄체를 제대로 알 수 있는 유일한 기회다. 제이슨은 콘스탄체 페이스북에 있는 사진과 글을 전부 다 읽을 수 있기 때문이다.

콘스탄체는 부모님과 함께 남프랑스에서 3주짜리 휴가를 보냈다. 콘스탄체는 제이슨에게 자기가 먹은 것을 모두 이야기하고, 저녁 식사 때에 가끔씩 포도주도 조금 마시는 것도 이야기했다. 그리고 지중해에서 수영한 것도 이야기해 줬다. 심지어는 제이슨에게 비키니를 입고 찍은 사진도 보냈다. 제이슨인 나는 개가 겪은 재미있는 일에 대해 어설픈 독일어로 답장을 해 줬다. 제이슨은 미국인이니까. 콘스탄체는 "정말 귀엽다."라고 하며 틀린 맞춤법이나 단어를 고쳐 줬다.

콘스탄체가 하루 종일 무슨 일을 하는지 알려면 난 페이스북에서 제이슨으로 변신해야 한다. 제이슨 흉내를 내는 건 여간 쉬운 일이 아니다. 먼저 미국 고등학생 애들에게 무더기로 친구 요청을 보냈다. 다행히도 절반 정도가 요청을 받아 줬다. 난 미국에 친구들이 잔뜩 있는 것처럼 해야 했다.

콘스탄체는 제이슨의 가족에 대해 알고 싶어 했고, 가족사진을 볼 수 있는지 물었다. 그래서 사진을 더 많이 사서 페이스북에다 올려야겠다는 생각이 들었다. 제이슨은 형과 어린 여동생, 사촌 여동생과 이모가 생겼다. 그게 세 달 전이었고 그 시간에 난 밤마다 컴퓨터 앞에 앉아서 가짜 프로필을 만들었다. 그리고 꽤 정확한 영어로 계속해서 담벼락에 글을 썼다. 난 다른 미국인들이 쓴 글을 긁어 왔다. 그럼 콘스탄체가 의심 없이 읽을 테니.

학교 영어 선생은 학기가 끝날 무렵에 내 영어 실력이 갑자기 늘어서 깜짝 놀랐다. 하지만 다행히도 콘스탄체는 알아차리지 못했다.

오늘 콘스탄체는 친구들과 함께 수영장에 가서 아이스크림을 먹고 저녁에는 음악을 연습하기로 약속했다. 콘스탄체는 걔네 엄마처럼 노래를 부른다. 걔네 엄마는 오페라에서 노래를 부르는데, 우리 아빠가 그 오페라 음악 총감독이라서 아줌마를 안다. 그럼에도 콘스탄체는 날 한 번도 초대하지 않았고 나와 말도 하지 않는다. 내가 제이슨일 때만 빼고.

틀림없이 언젠가 난 제이슨처럼 보이도록 성형수술을 해야 한다. 그럼 콘스탄체는 나와 영화 보러 가겠지.

8월 20일 토요일 오후 9시 1분

밖은 아직도 환하다. 난 내내 재채기를 했다. 목은 짐승이 할퀸 것 같은 느낌이 난다.

엄마와 아빠는 도대체 무슨 생각을 하는 걸까?

농가에서 휴가를 보내는 것을 헹크가 절대로 몰랐으면 좋겠다. 어쨌거나 내 인생은 이미 망했다. 하지만 헹크가 알게 되면 이미 망한 것보다 다섯 배는 더 망할 것이다. 난 이번 인생이 언젠가는 좋아질 거라고 생각한다.

8월 20일 토요일 오후 9시 25분

인터넷에서 농가 주변을 더 정확하게 살펴봤다. '캘리포니아'라 불리는 곳이 바로 이 근처에 있었다. 우리는 캘리포니아에 있었다고 할 수 있다.

근사한 캘리포니아 바닷가 이야기를 만들었다. 그래서 장난 아니게 거짓말을 할 수밖에 없었다. 나중에 미국 캘리포니아에 관한 책을 많이 읽어 둬야겠다. 확실히 하기 위해 스트리트 뷰로 그럴 듯한 호텔도 봐 두고 주변 지역도 탐색해야지.

헹크는 벌써 몇 년 전부터 해마다 부모님과 함께 그리스에 간다고 한다. 걔네 삼촌이 크레타 섬에서 펜션을 운영하기 때문이다. 하지만 캘리포니아는 급이 다르다.

10분이 지나자 뭐가 뭔지 모르게 됐다.

어쩌면 내 인생이 아직은 끝나지 않았을지도 모른다. 캘리포니아에서 어쩌면 가슴 털이 나올지도 모른다. 그리고 콘스탄체가 제이슨을 그리워할 때에 내가 캘리포니아에 가 있다면, 콘스탄체는 그게 멋진 일이라고 생각할 거다. 내가 거기서 제이슨을 알게 되고 아주 친한 친구 사이가 된다고 상상해 봤다.

8월 20일 토요일 오후 9시 27분

으, 아냐, 말도 안 되지. 제이슨은 지금 교환학생으로 독일에 있잖아. 그리고 걔네 집은 시카고인데, 캘리포니아에선 엄청 떨어져 있다고.

그럼 제이슨이 비행기를 타고 캘리포니아 할머니 댁에 가는 걸로 할까? (그럼 먼저 페이스북 프로필에 할머니를 추가해야 해. (으, 그것도 안 돼.))

8월 20일 토요일 오후 9시 35분

캘리포니아는 엄청나게 크네.

8월 20일 토요일 오후 10시 24분

계속 캘리포니아를 검색하고 있다.

8월 21일 일요일 오전 12시 15분

제이슨을 비행기에 태워 대서양에 추락시키고 싶다.
콘스탄체가 방금 제이슨에게 사랑이 가득 담긴 글을 보냈다.

8월 21일 일요일 오전 1시 3분

잠을 잘 수가 없다. 눈을 감으면 캘리포니아의 교차로들이 어른거린다. 호텔을 하나 찾았다. 호텔 정보를 다운로드하고 외워야 했다. 그래서 이제 더 이상 힘이 없다.

내 코는 피노키오보다 더 길어졌다. 하지만 가슴엔 여전히 털이 나지 않았다.

잠이 오지 않는다. 내일 아침에 농부 아저씨가 우유 짜는 것을 보려면 일찍 일어나야 하는데…….

내가 캘리포니아에 있었다는 걸 이야기해 줄 사람이 아무도 없어도, 내 삶이 제발 빨리 끝났으면 좋겠다.

8월 21일 일요일 오전 4시 2분

방에 파리 떼가 들어와서 잠을 잘 수가 없었다. 어젯밤에 창문

닫는 걸 깜빡했기 때문이다. 괴물 파리같이 엄청나게 큰 놈들이었다. 그렇게 큰 놈들은 태어나서 처음 본다. 이런 놈들이 어디에서 살고 있었는지 알고 싶지도 않다. 분명히 똥 덩어리에서였겠지.

이 파리 떼가 대도시 종합병원 의사들도 들은 적이 없는 구역질 나는 병을 옮겼으면 좋겠다. 그럼 사람들이 날 열대병 연구소로 데려가 무슨 병인지 알아내려고 하겠지. 하지만 그때쯤이면 난 분명히 더러운 병 때문에 죽고 말 거야.

난 이 파리 떼를 때려잡을 수가 없었다. 짓이겨진 파리는 살아 있는 것보다 훨씬 더 더럽기 때문이다. 파리를 때려잡으면 난 분명히 토하고 말 것이다.

모기나 파리보다 더 끔찍한 건 나방 같은 거다. 심지어는 나비도 마찬가지다. 해롭지 않다는 건 알지만 여기저기 날아다니는 걸 보면 엄청난 공포심이 든다.

한번은 주말에 엄마, 아빠가 집에 없었는데 시커먼 나방 한 마리가 부엌에 들어왔던 적이 있다. 도우미 아줌마에게 전화를 걸어 치워 달라고 해야 했다. 나는 엄마, 아빠가 돌아올 때까지 근처 주유소에 앉아 있었다. 부엌에 들어갈 수 없었기 때문이다.

지금은 이렇게 완전히 깬 상태로 있다. 곧 있으면 우유를 짤 시간이다. 감기는 점점 더 심해졌다.

8월 21일 일요일 오전 5시 43분

앗, 젠장! 깜빡 잠이 들었는데 늦잠을 자고 말았다. 우유 짜는 데 가야 해!

8월 22일 월요일 오전 9시 13분

지금은 병원에 있다. 이렇게 된 거다.

난 늦잠을 잤다. 그래서 잽싸게 옷을 입고 신발을 신고서 외양 간으로 달려갔다. 외양간은 돼지우리 바로 옆에 있었다. 돼지우 리는 내 방 아래에 있고.

하지만 외양간에는 아무도 없었고, 외양간 안도 텅 비어 있었 다. 소는 한 마리도 보이지 않았다. 처음에는 엉뚱한 외양간으 로 왔을지도 모른다고 생각했다. 그래서 확인하려고 돼지우리 로 달려가 봤다. 돼지우리엔 돼지 몇 마리가 있었다. 그러니까 확실히 외양간이 아니라 돼지우리가 맞다. 그리고 외양간은 외 양간이 맞는데 단지 소가 없었을 뿐이다.

외양간 뒤편에 풀밭이 더 있다는 생각이 떠올랐다. 외양간을 돌아 뛰어나갔더니 거기에 엄마, 아빠, 농부 아저씨, 그리고 막 이 끔찍한 휴가를 온 몇몇 사람들이 서 있었다.

"에드바르트야, 다섯 시에 시작한다고 얘기했잖니." 하고 엄마가 말했다.

"늦잠 잤어요. 네 시 너머까지 잠을 잘 수가 없었어요. 내 방에 엄청나게 큰 파리 떼가 돌아다녔다고요."

"우유 짜는 모습을 놓친 거야." 하고 아빠가 말했다.

"아직 며칠 더 여기에 있을 거잖아요."라고 내가 말했다.

"하지만 날마다 일정이 다르단다. 이를테면 내일은 '음력에 따라 파종하고 추수하기'를 할 예정이란다."

"날마다 일정이 다르다고요? 우리 휴가 온 거 아니에요? 학교 다니는 거랑 똑같네요." 하고 말하고는 재채기를 했다.

"지금은 조용히 있어라. 라우흐플라이쉬 씨가 우리한테 뭔가 설명할 거야."

"누구요?"

"농부 아저씨 말이야."

"아저씨 이름이 뭐라고요?"

"라우흐플라이쉬 씨잖니."

"유기농을 하는 라우흐플라이쉬(라우흐플라이쉬는 훈제 고기라는 뜻이다. ─옮긴이) 씨 댁에서 채식주의 휴가를 보내는 거네요? 뭘 하시려는 거였죠?"

"얘야, 조용히 좀 해라."

그래서 난 조용히 옆에 서서 라우흐플라이쉬 씨가 자기 소를 쓰다듬으며 소가 무엇을 먹고 하루 종일 무슨 일을 하는지를 설명하는 것을 들었다. 난 끊임없이 재채기를 하느라 다 알아듣지 못했다.

농부 아저씨가 "저 애가 소를 아주 귀찮게 만들고 있는데 뭔일 있어요?"라고 물었다.

엄마가 "에어컨 때문에 그래요."라고 했다.

농부 아저씨가 눈을 부릅뜨며 "옛날에 기차가 다닐 땐 창문을 열어 놓고서 다녔지. 요샌 바보 같은 에어컨으로 환경을 망치고 있어."라고 말했다.

나는 "기차가 아니라 자동차 에어컨 때문이에요."라고 말하고는 코를 풀었다.

농부 아저씨가 물었다.

"자동차를 타고 왔나요? 이곳에 오는 모든 방문객은 이산화탄소 배출량에 주의해야 합니다."

이제야 난 왜 우리가 차를 이웃 마을에다 두고 왔는지를 알게되었다.

엄마가 "오해예요."라고 재빨리 말했다.

내가 헉헉대며 "코감기 없앨 게 필요해요."라고 말하고 눈을 벅벅 문질렀다. 눈이 엄청 가려웠다.

농부 아저씨가 말했다.

"비타민이 좋겠다. 집에 들어가라. 내 아내가 너한테 뭔가 좀 줄 거다."

그때가 새벽 여섯 시밖에 되지 않았는데, 여기에서는 이미 다들 일어나 있었다. 난 부엌으로 뛰어 들어가 아줌마에게 아저씨가 말한 것을 이야기했다. 아줌마는 당근과 사과를 갈아 주스를 만들어 줬다. 그런데 그 다음에 갑자기 모든 게 깜깜해졌다.

음, 그러고는 지금 이렇게 병원에서 깨어난 것이다.

내가 정신이 들었을 때, 의사가 "아드님께선 알레르기 때문에 충격을 받으신 겁니다."라고 한 말을 들었다.

아빠가 "우리는 애한테 알레르기가 생기지 않도록 할 수 있는 모든 걸 다했어요. 방부제, 플라스틱 장난감, 표백제 같은 건 쓰지도 않았고, 유기농 면으로 만든 옷만 입혔죠. 그리고 이산화탄소도 모범적으로 적게 배출했고……."라고 말했다.

엄마가 "음, 더 잘했어야 했나요?"라고 말했다.

의사가 말했다.

"쩝, 하지만 지금 아드님한텐 알레르기가 생겼습니다."

"아아."

의사가 웃으며 말했다.

"아드님은 더 이상 환경친화적이지 않군요. 과일과 채소를 많이 먹나요?"

엄마가 한숨을 쉬며 말했다.

"거의 안 먹는다고 할 수 있죠."

"먹으라고 갖다 주면요?"

"살려 달라고 애걸할 정도죠."

"그럼 전에 입 안에 이상한 게 났다고 말한 적이 있나요?"

엄마와 아빠는 고개를 푹 숙이고 발끝만 쳐다보고 있었다.

마침내 아빠가 "우린 그저 애가 별로 안 좋아해서 그렇게 말하는 줄로만 알았죠."라고 말했다.

"아하, 알겠습니다. 알레르기는 확실히 이전부터 있었다고 봐야겠네요. 그러고는 아드님이 자주 감기에 걸린다고만 생각을 하셨겠군요?"

"예."라고 아빠가 말했다.

"그리고 공기에 좀 민감하다고 생각을 하셨겠고요."

"네."라고 엄마가 말했다.

"아드님을 하루 더 입원시켜 관찰하면서 약 처방을 좀 해 드리죠. 그리고 아드님이 완전히 다 나으면 곧 댁의 가정 의사한테 알레르기 테스트를 받도록 하세요."

엄마가 아주 이상한 목소리로 물었다.

"의사 선생님, 그러니까…… 애가…… 어쩌면…… 아주 나쁜…… ."

"혹시 죽을 수도 있었냐고요?"

"예."

의사가 "원론적으로는 그럴 수도 있었죠. 혈액순환이 멈추었
는데 주변에 도움을 줄 수 있는 사람이 없었다면 그런 일이 일
어날 수도 있었죠." 하고 고개를 끄덕이고는 사라졌다.

내가 죽을 수도 있었다니! 어째서 날 살렸단 말인가? 왜애애
애애애애애? 다음 주에 학교에 가기 싫은 걸 아무도 눈치채지
못했다니! 아무리 그렇다고 해도 그렇지. 난 죽을 수도 있었는
데……. 그게 캘리포니아에 있었던 것보다 훨씬 나은데…….
'캘리포니아에서 거의 죽다 살아나기!' 같은 게 훨씬 멋지긴 하
지만.(작문이나 학교 신문 기사 제목으로 딱인데. 윽, 맞다. 헹
크 사촌이 학교 신문기자지. 그걸 잊고 있었네.)

하지만 적어도 이야깃거리 하나는 만들어 놨다. 만약에 누가
나에게 물어볼 때 할 이야기 말이다.

하지만 문제는 나에게 아무도 묻지 않는다는 것이다. 아르투
어를 빼고.

아르투어는 부모님과 함께 캠핑카를 타고 멀리 떠났다. 걔는
모두 사 형제인데 아마 어디선가 텐트를 치고 야영을 하고 있을
것이다. 올해는 우제돔(독일 메클렌부르크포어포메른 주에 있는 도

시로, 동쪽 끝은 폴란드 땅이다.─옮긴이)으로 놀러 간다고 했다.

그리고 안젤름도 확실히 묻겠지. 솔직히 안젤름은 내 친구 녀석이 아니다. 그런데 아르투어와 내 주위를 줄곧 어슬렁거린다. 우리 빼고는 어울릴 만한 애들이 없는 것이 확실하다.

우리는 우리 주위를 어슬렁거리게 놔두는데 아무래도 둘보다는 셋이 노는 게 더 재미있을 것 같아서이다. 그 밖에도 안젤름은 진짜 영리해서, 가끔은 우리가 안젤름 것을 베끼기도 한다.

안젤름의 부모님은 완전 부자인데, 걔네 가족은 런던이나 뉴욕같이 연극 같은 걸 볼 수 있는 도시로 여행을 떠난다. 산이나 바다에 간 적이 없다.

의사 선생님은 내일 집에 갈 수 있다고 했다. 그 냄새나고 오염된 농장으로 갈 필요는 없지 않을까?

8월 22일 월요일 오전 11시 43분

간호사 누나가 와서 체온과 혈압을 재고 침대보를 갈아 줬다. 그리고 간호사 형이 아침 식사를 가져왔다가 다 먹고 난 뒤에는 치워 주었다. 난 손 하나 꿈쩍하지도 않았다.

오랫동안 샤워를 해도 누구 하나 뭐라 하지 않았다. 아무도 물을 낭비하는 걸 알아차리지 못했다. 휴가라는 게 이런 거지.

여기에 머물러야겠다!

8월 22일 월요일 오후 12시 55분

지금 당장 퇴원해야겠다. 방금 전에 점심 식사가 나왔는데 채소 죽이었다.

나 : 저, 죄송한데요, 죽만 나왔어요. 고기는 언제 나오나요?

형 : 채식만 신청해서 고기는 안 나오는데.

나 : 아닌데……. 고기 신청했는데요.

형 : 너희 부모님이 그렇게 신청했는데. 너희 부모님한테 물어
보렴.

나 : 의사 선생님이 과일과 채소는 나한테 안 좋다고 했어요.

형 : 그건 안 익혔을 때 얘기지. 이 음식들은 내 근무 시간 내내
오븐에 있었어.

난 핸드폰으로 아빠에게 전화를 걸었다. 두 분은 아직도 농가에서 '자연 속에서의 약초, 숲 거닐기' 라는 일정을 소화하며 끝내주는 시간을 보내고 있었다.

아빠는 그저 "우린 널 위해 채식 주간을 보내기로 했고, 그건

너도 동의했잖니?"라고만 했다.

"예, 하지만 병원에서는 아니잖아요?"

"일주일은 일주일이야."

"우리가 언제 그렇게 약속을 했죠? 그 더러운 농가에서 보내는 것에 대해선 나한테 아무도 안 물어봤잖아요."

아빠가 "이미 부활절에 얘기를 했고 너도 그러겠다고 했다."라고 말했다.

부활절에? 이제야 그 일이 생각났다.

자비네 이모 결혼식에서 막 돌아온 때였다. 자비네 이모는 엄마보다 몇 살이 어렸지만 이미 잔뜩 늙었다. 난 그 나이에 결혼하는 사람이 있다는 게 정말 이상했지만, 엄마는 예순 살이나 일흔 살이라도 결혼할 수 있다고 말했다.

내가 "하지만 애는 안 생기잖아요."라고 말했다.

"그렇지, 애는 안 생기지."

"그렇죠. 그 나이엔 섹스도 안 되고."

"아니, 할 수 있단다."

"말도 안 돼요!"

"돼."

"불가능해요. 그럼 엄마, 아빠 아직도 섹스를 하나요?"

아빠가 "그래, 그리고 우린 아직 예순 살도 안 됐는걸." 하고 말했다.

내가 "쳇, 난 동생 같은 건 갖고 싶지 않아요."라고 말했다.

아빠가 "하지만 우린 우리가 원하면 가질 수 있다. 생물학적
으로 말이지."라고 말했다.

내가 "안 돼요! 싫다고요!" 하며 소리를 질렀다.

엄마가 아빠에게 "우리가 애를 가질 수 있다고 생각해요?"라
고 물었다.

내가 말했다.

"엄마는 너무 늙었어요."

아빠가 "엄마는 이제 마흔셋이야. 아직 애를 가질 수 있어."라
고 말했다.

엄마가 "나한테 먼저 물어보기나 하시죠들." 하고 말했다.

내가 "우우욱, 징그러워요. 아르투어네 부모님은 더 이상 섹
스를 안 한 대요."라고 말했다.

엄마가 "아르투어네 부모님은 지난 20년 동안 섹스를 분배했
고 이미 생명을 셋이나 꺼냈지."라고 말했다.

"여보!"

아빠가 소리를 질렀다.

내가 물었다.

"그게 뭔 말이에요?"

아빠가 "그냥 엄마가 농담한 거란다."라고 말하고는 라디오를 크게 틀었다.

아무튼 자비네 이모 결혼식에서 돌아올 때 자동차에서 멀미가 났다. 엄마가 아빠에게 말했다.

"얘가 샴페인을 마셔서 그래요. 차를 멈춰야겠어요."

내가 "돼지고기 때문에 그래요."라며 낑낑댔다. 뷔페에서 돼지고기를 네 조각이나 집어 와서 요른(나랑 외사촌이다.)과 누가 빨리 먹나 내기를 했다.

엄마가 차를 세우자 난 차 문을 열고 나가 길가에서 토했다.

아빠가 나에게 물병을 건네주며 "이제 돼지고기 빨리 먹기 내기는 하지 마라."라고 말했다.

난 "우우우우우욱." 하고 끙끙댔다.

"이제 앞으로 일주일 동안 고기는 먹지 마라. 결과가 어떤지 봐라." 하고 아빠가 말했다.

"우웨에에에에엑."

아빠가 "엄마, 아빠는 고기를 아예 안 먹는데, 넌 도대체 누구한테 먹는 법을 배웠는지 모르겠다." 하고 말했다.

엄마가 "그럼 휴가를 채식하는 곳으로 가요. 유기농 농가로 말이에요." 하고 말했다.

내가 "우웨에에에에엑." 하고 말했다.

아빠가 "얘가 '예'라고 하는 거 들었지?" 하고 말했다.

내가 이번엔 좀 더 정확하게 "우웨에에에에엑." 하고 토했다.

엄마가 "그래, 에드바르트야, 곧 좋아질 거야." 하고 말했다.

이게 채식 주간을 보내기로 한 것에 대한 동의였다는 건가? 참 좋군, 그래!

난 병원을 둘러보았다. 내 옆에는 한 애가 굴라쉬(소고기를 큼직하게 썰어 채소와 함께 끓인 진한 스프로 고추 따위를 넣어 매운 맛을 낸다.─옮긴이) 파스타를 먹고 있었다. 냄새가 끝내주었다.

내가 핸드폰으로 아빠에게 "아빠, 퇴원해서 집으로 가고 싶어요. 나 데리러 올 때에 소시지 좀 사 오세요." 하고 말했다.

옆자리 애가 나에게 말했다.

"내 것도 좀 사다 줘."

아빠가 말했다.

"안 돼!"

8월 23일 화요일 오후 4시 25분

다시 돼지우리 위에 있는 방으로 돌아왔다. 병원에서는 엄마, 아빠에게 알레르기를 일으킬 수 있는 음식 목록을 만들어 주었다.

엄마는 알레르기가 생기면 약을 먹으면 되고 이제는 대처 방법도 알게 되었으니 휴가를 중단할 이유가 없다고 말했다.

엄마가 말했다.

"넌 이 농가에서 아주 중요한 체험을 한 거야. 도시에서는 재배법과 축산법을 배우지 못하니까."

"뭐라고요?"

"농사짓고 가축 기르는 거 말이야."

"나도 그게 뭔지는 알아요. 근데 왜 내가 그걸 배워야 해요? 우리 집엔 이미 정원이 있잖아요."

"하지만 거기에선 채소를 기를 수 없잖니. 농사는 정원 가꾸기랑은 다른 거란다."

"난 햄스터를 기른 적도 있어요."

"에드바르트야, 여기 정말 멋지지 않니?"

아빠가 끼어들었다.

엄마가 "네 햄스터는 4주 지나서 죽었잖니." 하고 말했다.

"여긴 냄새나요."

아빠가 "도시에서도 냄새는 나. 매연 냄새." 하고 말했다.

"난 이미 익숙해요. 그리고 고기요!"

아빠가 "우린 얘를 바꿔 놔야 해." 하며 엄마에게 작은 목소리로 속삭였다.

그건 나도 마찬가지다, 정말!

8월 23일 화요일 오후 8시 39분

라우흐플라이쉬 농부 아저씨는 참으로 따뜻한 사람이다. 자신의 명예를 드높일 줄도 아는 분이다. 아저씨는 나에게 아무도 모르게 햄 몇 조각을 가져다줬다. 나는 아저씨를 좋아한다.

가슴 털에 대해서는 아직 새로운 소식이 없다. 욕실에 거울이 하나 있는데 실물보다 100배 정도 더 크게 보인다. 아빠는 그게 면도 거울이라고 했다. 엄마는 그게 화장 거울이라고 했다. 나는 그걸로 가슴을 샅샅이 살펴봤지만 한 올도 찾을 수가 없었다. 아마도 욕실 불빛이 아주 희미해서였을 테다. 그래서 사진을 찍어서 노트북에서 열어 봤다. 할 수 있는 대로 끝까지 확대해서 뭐가 있는지 살펴보고 싶어서였다.

그 전에 제이슨 페이스북을 열어 보았다. 콘스탄체가 왜 그렇게 오랫동안 아무 얘기도 쓰지 않았는지 물었다. 콘스탄체는 자기 번호를 보내면서 제이슨 목소리를 꼭 듣고 싶다고 했다.

이제 제이슨을 어떻게든 죽여 버려야 할 것 같다.

8월 23일 화요일 오후 11시 41분

사진들을 보고 있는데 엄마가 쑥 들어왔다.

보고 있던 사진 창을 내리려고 했는데, 그만 클릭을 잘못해서 다른 사진 창들까지 다 열려 버렸다. 그래서 완전히 뒤죽박죽이 되었다. 그래서 아예 노트북 뚜껑을 덮어 버렸다. 차라리 처음부터 아예 그럴 걸 그랬다.

"왜 그렇게 불쑥 들어오고 그러세요?"

엄마는 집에서 그러는 법이 절대 없었다.

엄마가 "미안해. 그런데 문을 두드렸어." 하고 말했다.

"듣지 못했어요."

엄마가 "그래, 뭔가에 열중하고 있었구나." 하고는 침대 위에 앉았다. 여기는 다른 곳에 앉을 만한 곳이 없다.

"난 그냥…… 그저……."

엄마에게 어떻게 설명해야 하지?

"에드바르트야, 난 네가 뭘 했는지 안단다. 부끄러워할 필요 없어."

부모가 있다는 건 가끔은 좋다. 자식을 끊임없이 생각해 주니까 말이다.

내가 말했다.

"아니에요. 전…… 해 볼 건 다 해 봤어요……. 하지만……."

"괜찮아. 네 나이 또래 남자애들은 다 해 보는 일이잖니. 가끔 자기 성향을 알아차리기도 하고, 가끔은 성향이 바뀌기도 하지.

네가 바라는 대로 흘러가게 해도 좋아."

"네? 내가 바라는 대로 그냥 흘러가게 놔둬요?"

"그걸 네가 억지로 막아서는 안 돼. 왜냐하면 네가 그걸 좋아하고 즐기며 사는 게 엄마는 좋거든."

"근데…… 안 그럴 건데요!"

"에드바르트야, 그건 나쁜 게 아니야. 우린 언제까지나 네 편이란다. 지금도 그렇고 앞으로 20년 뒤에도 계속 그럴 거야. 걱정할 필요가 없단다."

"20년 뒤에도 계속 그럴 거라니요? 그때 되면 뭔가 생기리라고 생각하는데요."

"확실한 건 네 모습 그대로 있어도 된다는 거란다."

"하지만 난 월요일엔 학교에 가야 한다고요!"

엄마는 고개를 끄덕이며 내 손을 잠깐 꼭 쥐었다.

"네가 말하기 싫으면 아무한테도 말하지 않아도 돼."

"그럼 탈의실에서는요?"

"아, 그래. 네 말이 맞아. 그게 어려울 수도 있지. 그게…… 얼마나 고통스러울까?"

고통스러워?

내가 "에, 그게, 아무것도 안 보인다고요." 하고 웅얼거렸다.

엄마가 기뻐하며 말했다.

"아무것도 안 보인다니 좋은 일이구나. 그거 아니? 아무것도 걱정할 필요가 없단다. 다른 남자애들이 뭔가를 알고서 널 놀리려는 거 말이야. 조만간 걔네들도 이해할 거야. 그러니 차별받을까 봐 걱정 같은 건 안 해도 돼. 만약에 걔네들이 그러면 학교에다 얘기하자꾸나, 오케이?"

"엄마는 내가 가슴에 털이 안 난 거를 학교에다 얘기할 참이에요?"

우리 엄마, 아빠 진짜 너무 섬세한 거 아니야?

난 티셔츠를 끌어 올려서 털이 한 올도 없는 가슴을 보여 줬다.

"이 때문이에요. 털이 없잖아요. 근데 엄마는 내가 무슨 말을 한다고 생각했어요?"

"아, 그러니까, 네가, 음⋯⋯."

"동성애자요?"

"그러니까 네가 만약 그렇다고 해도 우리에겐 절대로 아무런 문제가 되지 않고, 너는 보호받을 수 있다는 걸 알게 된 거지."

"난 동성애자가 아니라고요. 근데 내가 왜 동성애자라고 생각한 거예요?"

"정말 미안하구나. 내가 방에 들어올 때, 네가 홀딱 벗은 남자 사진을 컴퓨터에서 보고 있기에⋯⋯."

"내 가슴 찍은 사진을 보고 있었다고요!"

윽, 이 말도 뭐 그렇게 좋은 말처럼 들리지는 않는다.

엄마는 신경질적인 표정으로 눈을 깜빡이다 다시 마음을 다잡고는 말했다.

"아……. 근데 왜 하필이면 가슴 털이니? 수염이 아니고? 아니면 음모나."

난 점잖은 말투로 말했다.

"첫째로 음모는 났어요. 둘째로 수염은 이제 더 이상 남자를 상징하지 않는다고요. 가슴 털이야말로 궁극이죠."

엄마가 다시 눈을 깜빡였다.

"누가 그래?"

"모두 다요."

"모두 다……."

"네."

"모두 다 누구?"

"음…… 다 그래요."

"학교 애들 전부 다?"

"예, 그리고 다른 곳에서도 다 그래요."

"응, 그래."

"뭐가요?"

"네 친구 헹크가 그래서 속에 뭔가가 많구나?"

내가 부루퉁해져서 말했다.

"걘 내 친구가 아니에요. 그리고 걔가 무슨 말을 하든 상관 안 해요."

엄마가 말했다.

"얘야, 아빠랑 얘기를 하는 게 어떻겠니? 아빠 어쩜 네 나이 또래 남자애들한테 필요한 게 뭔지 잘 알 거야."

엄마가 일어나서 문 쪽으로 가기에 내가 말했다.

"내가 필요한 건 가슴 털, 변성기, 그리고 돼지고기예요. 굶어 죽기 직전이라고요! 하지만 어쨌거나 엄마, 아빠가 날 도와줄 수 없거나 도와주지 않으려고 한다는 느낌은 있어요."

엄마는 잠시 나를 바라보더니 나를 향해 고개를 끄덕이고 "아빠 오시라고 하마."라고 작게 말하고 사라졌다.

아빠는 15분쯤 뒤에 와서 "내가 네 나이 땐 말이지……." 또 "사춘기 땐 밤에…….", "통계적으로 보면 늦게 발육하는 사람들이 직업 면에서 크게 성공한단다." 같은 말을 늘어놓았다.

난 "확실히 적절한 음식을 먹지 않으면 점점 더 느리게 자랄 거 같아요."라고 말했다.

"네가 고기를 너무 많이 먹는 바람에 이미 네 신체 기관이 크게 손상을 입었을 수도 있어. 비밀스럽게 대량 사육되어 나오는 고기잖니."

"고기를 먹지 않는 게 더 몸에 안 좋아요. 담배를 피는 것만큼 나쁘다고요."

"담배 피니?"

"아뇨!"

"집에 돌아가면 의사랑 상의해 보자꾸나."

"담배 안 핀다고요!"

"고기 말이다."

"헹크는 소고기를 엄청 먹어요. 그래서 1년 전에 벌써 변성기가 왔어요. 그리고 아침마다 가슴 털 면도도 해요."

"분명 소고기에 있는 호르몬을 너무 많이 섭취해서일 거야."

"부족 현상 때문에 채식주의자를 진료하는 걸 거부하는 의사도 있대요."

"그런 헛소리는 어디서 들었니?"

"인터넷에서요."

아빠는 한숨을 내쉬더니 몇 초간 생각했다. 그러고는 "사람 가슴 털의 퇴화는 사랑니가 필요 없어지는 것과 같은 거야. 진화의 증거지. 음, 그러니까 네가 헹크보다 훨씬 더 진화했다고 볼 수 있는 거지."라고 했다.

아빠는 잘 자라고 인사하고는 몸을 돌렸다.

우아, 대단하다. 헹크에게 이렇게 말해야겠다.

"야, 내가 너보다 훨씬 더 진화한 거 알아?"

하지만 걔가 날 물어뜯을 듯이 덤비면 아무런 소용이 없겠지.

월요일에 알레르기 검사를 해야 해서 어쩌면 집에 있을지도 모른다. 그래 봤자지만.

알레르기를 고치려면 운동을 해야 하나? 그런 것 좀 하지 않았으면 좋겠다.

구글 검색이나 더 해 봐야겠다.

8월 23일 화요일 오후 11시 59분

엄마, 아빠는 지구력 강화 운동을 추천했다. 예로 들어 수영을. 하지만 난 수영장이 정말 싫다.

8월 24일 수요일 오전 12시 15분

아빠는 좀 전에 '할아버지 시대처럼 건초 베기'를 하다가 큰 낫에 다리를 베어 구급차에 실려 갔다. 엄청 깜짝 놀라고 섬뜩했다.

아빠는 창에 찔린 것처럼 소리를 질렀다. 농부 아저씨는 눈을 부릅뜨고는 재빨리 아빠에게 달려갔다. 아저씨는 윗옷을 벗더니 찢어 끈을 만들어서 아빠 다리를 꽉 묶었다. 그리고 윗옷 나머지로 상처를 닦아 냈다. 그러면서 동시에 핸드폰으로 의사에게 전화를 걸어 무슨 일이 일어났는지를 설명했다. 농부 아저씨는 진짜 뭔가 끝내줬다.

그런데 아줌마도 전혀 동요하지 않았다. 난 구급차에 같이 타지 못하고 농가에서 기다려야 했다. 아줌마는 커피를 끓여 주고 햄이 든 빵을 줬다. 집에서는 건강에 좋지 않다는 이유로 커피는 절대로 못 마시게 한다.

아줌마가 "얘야, 너는 장차 무엇이 될래?" 하고 물었다.

내가 "여기서 살아도 되나요?" 하고 희망에 가득 차서 물었다. 농장에 살면서 아줌마, 아저씨 일을 도울 수 있다는 생각이 처음으로 떠올랐다.

언젠간 나도 농부 아저씨처럼 끝내주는 사람이 되고 싶다. 아저씨 몸은 근육질이었다. 아저씨가 윗옷을 벗었을 때 아저씨 몸을 볼 수가 있었다. 아빠와는 완전 달랐다. 사실 지휘자는 그렇게 많이 움직일 필요는 없다.

아줌마, 아저씨는 틀림없이 여기서 맛있는 햄이랑 훌륭한 돼지고기를 많이 먹었을 것이다. 그리고 파리와 냄새는 시간이 흐르면 익숙해질 것이다. 가장 좋은 점은 내가 학교에 다시는 가지 않아도 된다는 것이다. 모두 나를 알고, 헹크가 나에게 '계집애' 라고 부르는 학교 말이다.

난 처음부터 다시 시작할 수 있고, 휴가를 캘리포니아에서 보냈다는 멍청한 거짓말을 하지 않아도 된다. 그리고 제이슨을 완전히 잊어버릴 수도 있다. 어느 날 내 이름으로 페이스북에 로그인하면 콘스탄체가 친구 신청을 받아 주고 내 새로운 삶을 보고는 깜짝 놀랄 것이다. 어쩌면 아닐지도 모르지만.

아줌마가 "물론 방학 때에 언제든지 다시 와도 되지." 하고 말했다.

"아니, 제 말은 언제까지나 여기에 있겠다는 소리예요."

아줌마가 깔깔깔 웃더니 햄을 좀 더 잘라 줬다. 아줌마가 그렇게 늙지 않았다면 (아마도 엄마 나이 정도 된 거 같지만) 사랑에 빠질 수도 있을 것만 같았다.

8월 24일 수요일 오후 7시 15분

엄마가 병원에서 전화를 해서는 "짐을 다 싸고 택시를 불러라. 한 시간 뒤에 우리 차 세워 둔 곳에서 보자." 하고 말했다.

엄마가 주소를 말한 뒤 전화를 끊었고 난 짐을 쌌다. 솔직히 난 짐 쌀 마음이 들지 않았다. 왜냐하면 여기서 사는 것도 좋은 것 같았기 때문이다. 그리고 이 재래식 화장실도 생각해 보면 좀 괜찮은 것 같았다.

아줌마가 짐 싸는 걸 도와줬고, 아저씨가 택시를 불렀다. 엄마, 아빠는 차에서 기다리고 있었다.

아빠는 상처를 꿰매고 파상풍 주사를 맞았다. 아빠는 엄마에게 "의사는 내내 지랄 맞게 이죽이죽 웃었고, 간호사들은 낄낄거렸어." 하고 말했다.

엄마가 "허튼소리 마요." 하고는 차를 출발시켰다.

"진짜야. 날 갖고 놀았다고. 도시 사람이 농촌에 갔기 때문이야. 늘 그런 일이 일어난다는 거야."

엄마는 "그 사람들은 그렇지 않았어요."라고 하고는 빨간불을 그냥 지나갔다.

"나보다 낫을 더 잘 다룰 수 있는지 건초 벨 때에 보고 싶다고 말했지."

엄마는 "당신이 그렇게 만든 거네요." 하고는 갑자기 핸들을 휙 돌려 고속도로로 들어섰다. 뒤에서 경적이 크게 울렸다.

"그렇지는 않아. 간호사 한 명은 농촌에서 자랐고, 의사는 대학 다닐 때 농사일 알바를 하면서 학비를 댔다고."

엄마가 "그렇다고 해서 모든 사람한테 요구할 수는 없어요." 하고는 속력을 올려 옆 차선에서 달리고 있는 트럭 앞으로 끼어들었다. 트럭이 경적을 울렸다.

내가 물었다.

"집까지는 얼마나 걸려요?"

엄마가 말했다.

"초저녁엔 도착할 거야."

아빠가 말했다.

"다음 주엔 실을 뽑을 수 있을 거야. 하지만 가장 먼저 내일 아침 일찍 우리 의사한테 가서 어떤지 보여 줘야겠어."

내가 말했다.

"엄마 천천히 운전해요. 멀미 나려고 해요."

엄마가 "이제 고속도로니까 직진만 할 거야."라고 말하곤 벤츠 한 대를 앞지르기 위해 왼쪽으로 차선을 바꿨다.

아빠가 말했다.

"문을 좀 열어 주마. 좀 괜찮아질 거다."

벤츠 운전자는 우리가 앞지르는 걸 봐주지 않고 나란히 달렸다. 그러나 언제나처럼 결국엔 엄마가 이겼다.

내가 물었다.

"월요일에 진짜 학교에 가야 하나요? 한 주 정도는 푹 쉬어야 할 거 같은데요."

엄마가 "당연히 월요일에 학교에 가야지." 하고는 브레이크를 밟았다. 트럭이 우리 앞으로 끼어들었기 때문이다. 엄마가 경적을 쾅쾅 내리치며 말했다.

"이제 쉴 만큼은 다 쉬었잖니. 그리고 네 친구들을 몽땅 다시 만나는 게 얼마나 즐겁겠니."

아빠가 말했다.

"내 말은 의사가 학비를 벌러 농장에서 일했다는데, 누가 알겠어? 실제로는 수의사였기 때문이었을지 말이야."

엄마가 말했다.

"여보, 때때로 당신은 좀 오만해요."

아빠가 말했다.

"그건 오만이랑은 상관없는 일이야. 단지 그 일에 대한 현실적인 추측일 뿐이지."

내가 말했다.

"토할 것만 같아요."

엄마가 "말도 안 돼요." 하고는 경적을 울려 대며 트럭을 앞질렀다.

내가 말했다.

"맞아요."

엄마가 말했다.

"그 의사가 수의사였다고 하더라도 상처를 어떻게 안전하게 봉합하는지는 확실히 알 거예요."

아빠가 말했다.

"안전하게? 이게 안전하게야? 난 죽을 뻔했다고!"

내가 말했다.

"나 진짜로 토할 거 같아요."

엄마가 "들었어요? 에드바르트가 당신 말 듣고서 토할 것 같다잖아요." 하고는 차선을 두 개나 가로질러 갓길에 차를 댔다.

갓길 어딘가에다 토하는 건 언제나 일어날 수 있는 일이 일어나는 거다. 그러나 지나가는 사람들이 다 구경하려고 해서 고속도로는 잔뜩 막혔고, 차들은 거북이처럼 느릿느릿 움직였다.

"얘가 여기 갓길에 안 토한 곳이 또 있던가?" 하는 아빠 목소리가 들렸다.

엄마가 "우린 아직 자를란트(프랑스 국경에 붙어 있는 독일의 연방주 중의 하나다. ―옮긴이)에 도착하지 않았다고요." 하고는 나에게 오렌지색 안전 조끼를 던져 주었다.

조끼를 애를 쓰며 입다가 다시 속이 울렁거리는 바람에 농부 아줌마가 준 햄 조각들을 길가에 늘어져 있는 맥주 캔, 담배 갑, 시리얼 봉지 사이에다 토했다.

아빠가 "어라, 여기 좀 봐. 베게리히 씨네 가족 같지 않아?" 하고 기어가는 자동차 행렬을 가리키며 말했다.

헹크의 성이 베게리히다. 그럴 리가 없다. 우리는 집에서 멀리 떨어져 있는 어느 고속도로 위에 있고, 난 엄청 토하고 있는 중이었다. 왜 하필이면 헹크가 자기 부모님하고 여길 지나가냐고. 날 못 봤으면 좋겠다.

아빠가 말했다.

"경적을 울려 봐."

엄마가 경적을 울렸다.

베게리히 아저씨가 경적을 울려 줬다. 헹크가 뒷자리에 앉아 가운뎃손가락을 올리며 웃었다.

캘리포니아 얘기는 끝났다.

8월 25일 목요일 오후 8시 11분

내 방에 들어오니까 침대 위에 잡지 두 권이 놓여 있었다. 하나는 〈플레이보이〉고 다른 하나는 동성애 잡지였다. 잡지 옆에는 화장지가 있었다.

엄마! 아, 진짜!

8월 25일 목요일 오후 11시 34분

방금 제이슨을 죽여 버렸다.

어젯밤에 (제이슨으로 로그인해서) 페이스북에다 횟집에 갔다가 심각한 식중독에 걸렸다고 썼다. 콘스탄체는 어서 나으라고 쪽지를 74개나 보냈다.

오늘은 형인 제임스의 이름으로 제이슨이 식중독이 아니라 심각한 알레르기라고 썼다. 의사들은 밤새도록 생명을 구하려고 노력했지만 헛수고가 되었다고 전했다.

콘스탄체는 제임스에게 언제 어디서 장례식이 있을 것인지 물었다.

8월 25일 목요일 오후 11시 59분

구글 검색을 해 봤다. 알레르기를 식중독으로 착각할 만한 일은 거의 없다는 것을 알게 되었다. 증상이 완전히 달랐다. 절대 헷갈릴 수가 없다.

콘스탄체가 몰랐으면 좋겠다.

8월 26일 금요일 오전 9시 41분

제이슨의 페이스북 친구 98명이 장례식에 오겠다고 했다. 난 제이슨 형인 제임스 이름으로 장례식은 가족끼리만 치르기로 했다고 글을 올렸다.

8월 26일 금요일 오전 9시 45분

뉴욕의 한 저격수가 제이슨의 담벼락에다 식중독과 생선 알레르기를 헷갈릴 수는 없다고 썼다. 그 사람은 제임스에게 의사들을 고발하라고 했고, 자기 아버지가 의료사고 전문 변호사라며 이야기해 보겠다고 했다.

콘스탄체는 댓글로 제이슨이 어느 병원에 있었는지 알려 달라고 했다. 언론에 이 사건을 알리려고 말이다. 콘스탄체 아빠는 그쪽을 잘 알고 있다. (콘스탄체 아빠는 문화부 편집장이다. 아빠는 "그래서 그 둘이 만났지."라고 했다. 왜냐하면 콘스탄체 아빠가 신문에다 콘스탄체 엄마에 대해 호평을 줄기차게 썼기 때문이다.)

8월 26일 금요일 오전 9시 58분

헹크가 페이스북에 사진을 한 장 올렸는데, 내가 오렌지색 안전 조끼를 입고 갓길에서 막 토하는 모습이었다. 나도 그 사진을 봤다. 그 사진은 283명이 '좋아요'를 눌렀다. 콘스탄체도

'좋아요'를 눌렀다. 그리고 댓글 150개가 달렸다. 댓글을 보니 사람들은 무엇보다 내가 어디서 휴가를 보냈는지로 관심이 쏠렸다. (헹크는 부모님과 함께 스웨덴에서 요트를 타며 놀다 왔다. 왜 하필이면 올해는 그리스로 안 가고 스웨덴으로 간 거지?) 사람들 대부분이 뤼겐(발트해에 있는 휴양지로 유명한 섬이다.-옮긴이) 섬으로 찍었다.

정말 다시는 학교에 나가고 싶지 않다. 우린 뤼겐 섬 근처에 있지도 않았고, 게다가 뤼겐 섬은 완전히 찌질이들만 가는 데 아닌가!

8월 26일 금요일 오후 12시 28분

방금 끔찍한 일을 당했다. 초인종이 울렸고 문밖에는 옆집 할아버지의 멍청한 푸들이 컹컹 짖고 있었다. 손님용 화장실 창문 너머로 봤더니 할아버지가 강아지 옆에서 비닐봉지를 들고 서 있었다. 난 문을 열어 줘야 할지 망설였다. 할아버지는 계속 초인종을 누르다가 결국에는 주먹으로 문을 두드리며 말했다.

"얘야, 얘야, 네가 거기 있는 거 알고 있다. 계단 뛰어 내려오는 거 들었어."

아차, 실수다.

문을 열어 줬다. 우린 잠시 서로를 노려보고 아무 말도 하지 않았다. 그러고는 할아버지가 비닐봉지를 들어 안에 무엇이 들어 있는지 보여 줬다. 상자였다.

할아버지가 말했다.

"이거 아주 가져라."

내가 말했다.

"왜요?"

할아버지는 눈을 크게 뜨더니 봉지를 내 발 앞에 던졌다. 그러고는 푸들을 홱 잡아당기더니 가 버렸다.

난 봉지를 집어들고는 집으로 가지고 들어갔다. 난 의심이 많은 데다가 이 봉지는 엉뚱한 할아버지가 준 것이기에, 봉지를 욕실로 들고 가서 청소용 고무장갑을 끼고 마스크(일본 사람이라면 늘 쓰고, 돼지 독감이나 조류독감이나 인간 독감에 걸릴까 봐 겁내는 사람들이 쓰는 것 말이다.)를 썼다. (콘스탄체가 '의사 놀이' 코스프레 파티를 연다는 소리를 듣고서 인터넷에서 주문했다. 물론 초대받지는 못했다.) 그 다음에는 조심스럽게 봉지에서 상자를 꺼냈다. 신발 상자였다. 나는 습관대로 아빠 칫솔로 상자를 열었다. 고무장갑이든 어디든 직접 닿기 싫어서였다. 범죄 현장을 조사하거나 폭탄을 제거하는 형사나 특수 요원이 된 것 같았다.

내가 뭘 바랐던 건지 잘 모르겠다. 사실 말 대가리(그러기엔 신발 상자가 좀 작긴 하지만)나 죽은 새나 푸들 똥이 잔뜩 들어 있을 거라고 생각했다. 스니커즈 한 켤레가 들어 있으리라고는 생각도 못했다. 전에 개똥을 밟아 더러워진 신발과 거의 같은 것이었는데, 다만 좀 더 멋졌다. 그리고 크기도 꼭 맞았다. 즉시 신어 봤는데 다시는 벗고 싶지 않을 정도였다.

몇 분이 지나자 할아버지가 왜 내 신발을 새로 사 준 것인지 궁금했다.

엄마가 있는 갤러리로 전화를 걸었더니 직원 누나가 엄마는 손님 집에 벽 크기를 재러 갔다며 자리에 없다고 했다. 그래서 엄마 핸드폰으로 전화를 걸었더니 엄마는 지금 그림 몇 장을 파느라 시간이 없다며, 혼자서 얘기를 잔뜩 했다.

엄마는 내가 스스로 필요한 것을 생각해 내고 그것을 성취할 수 있는 나이가 충분히 됐다고 생각했지만, 혹시 몰라서 할아버지와 술을 한잔하면서 이야기했다고 했다.

엄마는 그렇게 전화를 끊더니 10초 뒤에 다시 전화를 걸어서는 "에드바르트야, 건너가서 고맙다고는 너 스스로 해야 한다. 그런 건 내가 해 줄 수 있는 게 아니야."라고 했다.

건너가서 고맙다고 해? 쳇!

신발을 돌려줘야겠다. 그럼 고맙다고 할 필요가 없지.

8월 26일 금요일 오후 12시 39분

왜 내가 감사 인사를 해야 하지? 그 똥강아지가 인도에다 똥을 싼 거고, 그걸 내가 밟은 건데!

8월 26일 금요일 오후 12시 40분

신발을 돌려줄 수 없다. 방금 신발을 벗으려 했다. 그런데 내 발이 신발을 내놓으려 하질 않는다. 내 발은 다시는 다른 신발을 신고 다닐 생각이 없는 모양이다. 이 스니커즈는 기똥차다.

8월 26일 금요일 오후 12시 45분

건너가서 감사 인사를 해야겠다.
콘스탄체가 페이스북에다 무엇을 썼는지 먼저 보고.

8월 26일 금요일 오후 1시 30분

난 정말 멍청하다. 늘 하던 대로 제이슨 아이디로 로그인해서 콘스탄체 페이스북으로 들어갔다. 콘스탄체는 자기 친구들만 볼 수 있도록 해 놨다. 콘스탄체는 "방학 마지막 날이다. 하지만 월요일에 다시 학교에 가는 게 기쁘다. 기분 전환이 필요하기에."라고 썼다. 난 멍청하게도 '좋아요'를 눌렀다.

　바로 '좋아요 취소'를 눌렀는데, 그새 콘스탄체가 알아차리고는 말을 걸어왔다. 난 제임스인 척하고 잘못 로그인했다고 말했다. 답을 기다리지도 않고 바로 로그아웃을 하고 제이슨 프로필을 없애 버렸다. 그러고 나서 제임스 아이디로 로그인하고 상황을 지켜봤다. 콘스탄체는 바로 제임스에게 말을 걸어 제이슨 프로필이 사라져서 마음이 아프다고 했다.

　그래서 나는 페이스북에다 추모 사이트를 만들겠다고 했다.

　헹크 페이스북에서는 내가 고속도로에서 토한 사진 아래에 새로 댓글이 50개나 달렸다. 난 지금에서야 간신히 내 모습을 제대로 볼 수 있었다. 아빠는 보조석에 앉아서 카메라를 향해 윙크를 하고 있었다. 엄마는 지루해서 죽을 것 같은 모습이었다. 난 가드레일을 놓치면 죽기라도 하는 것처럼 꼭 붙잡고 있었다. 내 얼굴은 번쩍거리는 안전 조끼에 비쳐 초록빛을 띠었다.

　헹크는 내 얼굴을 확대해서 다시 올렸다. 내 혓바닥은 밖으로 튀어나왔고 눈은 부릅뜨고 있었다. 사진 제목은 '좀비 같은 에디'였다. 걔가 날 '에디'라고 부르는 게 싫다. 하지만 '계집애'라고 부르는 것보다는 낫다.

8월 26일 금요일 오후 4시 50분

제임스 페이스북에 글을 썼다. 여자들 대부분은 가슴 털이 없는 남자를 좋아하고 남자가 가슴에 털이 나는 것은 진화론적으로 퇴화됐기 때문이라고. 콘스탄체는 바로 '공유하기'를 눌렀다. 그러고는 바로 나에게, 아니 제임스에게 말을 걸었다.

"독일어 할 줄 아네요?"

독일어로 글을 올리다니 이런 멍청이가 다 있나. 나는 학교에서 독일어를 배웠고 대학에서는 독문학을 전공할 거라는 아둔한 말을 했다.

"제이슨은 그런 말을 한 적이 한 번도 없었어요."

"아마 제이슨한테 나에 대해서 물은 적이 없기 때문일 거예요."

"아, 맞아요. 그저 오빠가 대학에 갈 거라고만 들었어요."

후유, 정말 큰일 날 뻔했다.

어쨌거나 기분이 좀 좋아졌다. 이로써 '가슴 털' 문제를 해결했으니까. 헹크도 이 글을 읽으면 좋겠다.

8월 27일 토요일 오전 9시 12분

가슴 털을 세 가닥 발견했다. 뽑아 버릴까 고민하고 있다. 확실히 가슴 털이라고 볼 수는 없는 것으로 결론을 내렸다.

8월 27일 토요일 오전 9시 55분

아침을 먹다가 엄마에게 30분이나 설교를 들었다. 아직도 할아버지에게 고맙다고 인사를 하지 않아서다. 확실히 할아버지는 오래 참았을 테고, 돈도 많이 들었을 거다.

엄마가 말했다.

"요즘엔 가난한 연금 생활자들도 종종 있단다."

아빠가 말했다.

"그분이 연금 생활자라고? 그으으으렇게나 늙었나?"

"음, 날마다 집에만 있으니까요. 어쩌면 일찍 은퇴했을지도 모르죠. 그리고 그런 사람들은 훨씬 더 적게 받는다고요."

"우리 집보다 더 큰 집에 살고 게다가 연금을 많이 받을 수 있는 세대에 속한 분이라고."

엄마가 "계속 연금이 삭감되는 것도 생각해야죠."라고 말했다.

아빠가 "아니야, 인상 예상분도 생각해야지." 하고 말했다.

엄마가 "아하." 하고 말했다.

난 한 마디도 알아듣지 못했다. 내가 좀 날카로워져서 "할아버지가 이젠 돈이 없어요?"라고 물었다.

엄마, 아빠는 합창이라도 하듯이 "있어."라고 했다.

"그럼 오늘 고맙다고 인사드려도 그리 나쁜 건 아니겠네요?"

엄마가 말했다.

"아까 얘기한 대로 그분이 얼마나 오래 참았는지 생각 좀 해."

"하지만 푸들 똥이 신발에 달라붙었을 때마다 내가 얼마나 많이 참았는지는 알아요?"

아빠가 말했다.

"뭔 일이라도 일어나겠군."

엄마가 "그래도 인사를 해야 한다. 가끔씩 어렵더라도 '고맙다'와 '죄송하다'를 할 줄 알 때에 인격이 성장하는 거란다."라고 말했다. 그러고는 숨을 깊게 들이마시고 다시 연설을 시작하려고 했다.

하지만 내가 더 빨랐다.

"지금 가요."라고 말하고는 잽싸게 뛰어나갔다.

"먼저 테이블 치우고 가야지!" 하는 말이 들려왔다.

8월 27일 토요일 오후 5시 31분

아직도 할아버지 집에는 가지 않았다. 손님이 와서다. (하지만 창문 너머로 할아버지가 풀을 깎고 난 뒤 길을 나서는 모습을 봤다. 멍청한 푸들은 내내 할아버지 옆에 달라붙어 있었다. 그 강아지는 길을 가다 두 번이나 가로등에다 오줌을 눴다.)

아르투어가 방학 때 있었던 일을 이야기하려고 찾아왔다. 조금 뒤에 안젤름도 나타났다. 정말 웃긴 일이다. 아르투어와 나는 안젤름에게 전화를 한 적도 없고 우리 집에 오라고 한 적도 없는데, 안젤름은 어떻게든 나와 아르투어가 어디 있는지 알고 찾아온다. 어쨌거나 그 둘은 방학을 나보다 훨씬 더 재미있게 보낸 게 확실했다.

아르투어는 캠핑장에서 방학을 보냈다. 그곳에서 벨기에와 네덜란드에서 온 애들과 친해졌다. 몇몇 애들은 개만큼 뚱뚱했다. 다음번 방학 때는 걔네들 집에 놀러 오라는 말도 들었단다.

안젤름은 여느 때처럼 부모님과 함께 캐나다에서 3주를 보냈다. 한 주는 토론토에서, 한 주는 밴쿠버에서, 나머지 한 주는 몬트리올에서 보냈다. 안젤름은 오페라 공연을 세 번 봤고, 연주회를 네 번 봤고, 박물관 열두 곳을 다녀왔다. 안젤름이 하나하나 차례로 설명하려 하자 우리는 머리를 가슴에다 박고 코를 골기 시작했다. 안젤름은 바로 알아채고 입을 다물었다.

나는 유기농 농가에서 있었던 이야기와 과일에 알레르기가 있다는 걸 알게 돼서 더 이상은 과일을 많이 먹을 필요가 없다는 이야기를 했다. 아르투어는 엄청 부러워했다. 자기도 과일은 더 이상 먹고 싶지 않다며 내가 알레르기를 위해 무엇을 했는지 당장 알고 싶어 했다.

그러고는 엄청난 일이 터졌다. 안젤름이 말없이 우리에게 스마트폰을 코앞에 바짝 들이댔다. 화면에는 한 여자애 사진이 보였다. 그 여자애는 안젤름과 똑같이 생겼다. 마르고, 작고, 이리저리 뻗친 오렌지색 머리카락에, 창백하고, 주근깨투성이였다. 둘 다 두꺼운 암갈색 안경을 썼고, 둘 다 전혀 어울리지도 않는 진 재킷을 입었다.

아르투어가 물었다.

"언제부터 여동생이 생겼냐?"

하지만 난 이렇게 물었다.

"여친이 생겼어?"

안젤름은 말없이 고개를 끄덕였는데 얼굴에서 빛이 났다.

"이름이 뭐야? 어디서 알게 됐어?" 하고 내가 물었다. 그리고 아르투어가 물었다.

"잤어?"

안젤름은 얼굴이 빨개졌다.

"이름은 올리비아고 토론토에 살아. 우린 모카에서 만났어."

"너 모카커피도 마셔? 커피는 안 마시는 줄 알았는데." 하고 아르투어가 말했다.

안젤름은 "모카는 캐나다 현대 미술관을 말하는 거야." (MOCCA는 The Museum of Contemporary Canadian Art의 약자다.—옮긴이) 하고 말하고는 "우린 한눈에 서로를 알아봤고 다음 날에 바타에 있는 구두 박물관에서 만나기로 약속했지." 하면서 홈페이지를 보여 줬다.

아르투어가 "그럼 너희는 구두를 보러 간 거야?" 하고는 약이 올라 제로 칼로리 콜라 캔을 찌그러뜨려 던져 버렸다.

아르투어는 구두를 좋아한다. 하지만 점점 뚱뚱해져서 맞는 구두가 별로 없다.

아르투어는 가을 방학이 되면 살을 빼러 병원에 가야 했다. 치료를 받고 돌아왔을 때는 언제나 기분이 좋지 않았고 크리스마스 때까지 식이요법을 해야 했다. 하지만 크리스마스 장터가 들어서면 엄청 먹어 치웠고, 몇 달 동안 뺀 살을 이틀 사이에 다시 찌웠다. 아르투어는 언제나 "내 몸뚱이는 마른 걸 좋아하지 않아." 하고 말했다. 치료를 받는 동안에는 제로 칼로리 콜라에 푹 빠져서 날마다 1리터씩 꿀꺽꿀꺽 마셔 댔다.

안젤름은 아르투어에게 구두 박물관에서 찍은 사진 몇 장을 보여 줬다. 하지만 아르투어가 좋아하는 구두는 절대 아니었다.

안젤름은 올리비아 이야기를 조금 해 주었다. 올리비아와는 지금 페이스북과 스카이프에서 소식을 나누고 있고, 크리스마스 방학 때에 안젤름을 방문하기 위해 부모님을 설득하고 있다고 했다.

아르투어가 "잤어?" 하고 다시 물었다.

안젤름은 얼굴색이 돌아오다가 그 질문에 다시 시뻘게졌다.

"난 단숨에 무언가를 손에 넣으려는 타입은 아니야. 그건 올리비아도 마찬가지고. 우린 우리 관계를 천천히 발전시키려고 하고 있고 원숙해지기를 기다리고 있어."

아르투어는 "그러니까 걔가 널 허용한 게 아니란 소리지?" 하며 고개를 끄덕였다.

안젤름은 화가 나서 아르투어를 노려봤다. 어찌나 기분이 상했는지 콜라병 바닥만큼 두꺼운 안경알까지 화가 난 것처럼 보였다.

8월 28일 일요일 오후 9시 56분

할아버지네로 건너가서 새 신발을 선물해 주셔서 감사하다고 인사를 했다. 끝내주는 신발이라고 말씀드렸다.

나는 그 신발을 밤에도 신고 자고 싶었다. 물론 밤에 신고 자지는 않았다. 그런데 아빠가 눈치채고서 나에게 남자 대 남자로서 탁 터놓고 페티시즘에 대해 설명해 줬다. (페티시즘은 상대방의 신체 일부, 옷, 소지품 따위에서 성적인 만족을 얻는 성적 경향을 말한다.–옮긴이) 그러니까 아빠는, 밤에도 신발을 신고 자는 건 신발에 끌리기 때문이라고 말했다.

그래서 그게 얼마나 심각한 병이기에? 아빠가 무엇에 끌리든 침대로 가져가는 게 뭐든 난 알고 싶지 않다. 으아아아아아아!

어쨌거나 아빠는 자기가 뭔가 갈피를 못 잡고 있다는 걸 깨닫고 얼굴이 새빨개져서 "그래, 그래. 괜찮아. 하지만 적어도 침대에 신발을 신고 올라가면 더러워진다는 것쯤은 생각해라." 하고 말했다.

"침대 끝만 더러워지는 거잖아요."

어쨌든 지금부터 밤에는 신발을 벗기로 했다. 신발을 신고 침대에 올라가지 않기 위해서다. 엄마, 아빠는 이 세상에서 물건이 가장 아늑할 수 있다는 걸 모른다.

어쨌거나 건너가서 신발을 주셔서 고맙다고 인사드린 건 잘한 일이다.

그런데 할아버지네 집은 내가 생각했던 것보다 훨씬 더 황당했다. 어떤 방은 옛 가구들로 가득 차 있었고, 또 어떤 방은 벽 전체가 책장으로 가득 차 있었다. 심지어는 방문에도 책장이 달려 있었다. 책들은 두 줄로 꽂혀 있었다. 바닥에도 책 더미가 있었다. 어떤 책들은 층층이 쌓여 있었다. 사다리가 하나 있었는데 분명히 책장 꼭대기에 있는 책을 쉽게 찾아보는 용도일 것이다. 그리고 소파 하나와 작은 책상 하나가 놓여 있었다. 마룻바닥엔 페르시아 융단 세 장이 차곡차곡 놓여 있었다. 난 소파에 앉았고 할아버지가 물 한 잔을 가지러 주방으로 갔다. 기다리는 동안에 푸들이 내 앞으로 와서 날 쳐다보며 꼬리를 흔들다가 헉헉거렸다.

할아버지가 "푸들이야."라며 푸들을 가리켰다.

내가 "알고 있어요."라고 말했다.

"아니, 내 말은 얘 이름이 푸들이라고."

"아, 그래요?"

난 뭐라 대답해야 할지 모르겠어서 "신발 감사합니다."라고 한 번 더 말했다. 이 말은 문이 열릴 때에 이미 한 말이었다. 그때 할아버지는 별다른 대꾸를 하지 않았고 그저 안으로 들어오라고만 했다.

할아버지가 말했다.

"그래, 그 신발 너한테 맞기는 하니?"

난 발을 조금 들어 보이고는 "당연하죠."라고 말했다.

"그럼 다음부터는 푸들 똥 밟지 않게 조심해라."

저 더러운 푸들이 인도에다 더 이상 똥을 싸지 않는 게 맞다고 생각했지만, 입 밖으로 내지는 못했다. 난 방을 좀 둘러봤다.

할아버지가 말했다.

"여긴 내 가족에 대한 추억이 그득한 곳이란다. 저 전등은 내 할아버지 때부터 있던 거지."

내가 말했다.

"정말 오래돼 보이네요. 새 거 살 돈이 없으세요?"

할아버지가 말했다.

"글쎄, 새 걸 사고 싶은 생각이 없는걸. 그런데 푸들이 널 좋아하는구나."

이 짐승이 자기 앞발을 들어 내 무릎에 올려놓고 계속해서 꼬리를 흔들어 댔다. 난 손을 뻗어 조심스럽게 머리를 쓰다듬어 줬다.

할아버지가 말했다.

"둘이 산책이라도 나갔다 올래?"

내가 말했다.

"어어…… 글쎄요."

할아버지가 말했다.

"흠, 그럴 수도 있다는 소리야."

그러고 나서 우리는 서로 말이 없었다. 할아버지는 나만큼 신경 쓰는 것 같아 보이진 않았다. 아니, 오히려 느긋해 보였다. 무슨 말을 해야 하나, 난 머리를 잔뜩 짜내고 있었다.

내가 물었다.

"여기서 오래 사셨나요? 옛날 물건이 아직도 많이 있어서요."

"내가 잊어버리지 않기 위해 여기다 두는 거란다."

이게 무슨 말인지는 잘 몰랐지만 "네." 하고 대답했다.

"내 조부모님이 이 집을 지었단다. 그리고 난 이 집에서 태어났지."

내가 물었다.

"병원에서가 아니라요?"

할아버지가 조금 웃다가 말했다.

"이 방 바로 위에 있는 방에서 태어났다. 어머니가 병원까지 갈 시간이 없었지. 내가 너무 빨리 나온 거지. 넌 어땠니?"

난 어깨를 들썩였다.

"병원에서 태어났어요. 다들 그렇잖아요."

"다들 그렇다라⋯⋯."

"아니, 다는 아니고 대부분이 그렇다고요."

난 할아버지 나이가 몇인지 궁금해졌다. 그리고 그냥 물어도 되는지 고민했다.

할아버지가 "난 벌써 예순이고 줄곧 여기서 살고 있지."라고 말했다.

난 할아버지가 내 생각을 읽는다고 생각해서 깜짝 놀랐다.

내가 물었다.

"그럼 할아버지 직업은요?"

할아버지가 말했다.

"난 대학 교수란다. 하지만 교수를 그만둔 지는 아주 오래되었지."

나는 더 이상 무슨 말을 해야 할지 진짜 모르겠어서 물을 마시고 푸들 머리를 쓰다듬다가 다시 말했다.

"신발 감사합니다. 진짜 끝내줘요."

할아버지는 고개를 끄덕이더니 일어나면서 말했다.

"그래, 푸들 똥을 밟는 불행을 자꾸만 겪게 해서 미안하구나. 네 어머니가 처음이 아니라 이미 여러 번……."

내가 재빨리 말했다.

"네, 맞아요. 아주 안 좋았어요."

아, 내가 왜 이런 멍청한 소리를 했을까? 물론 정말 좋지 않았지만 실은 이렇게 말하고 싶었다. "저 강아지가 똥을 싸면 깨끗하게 치우세요. 그럼 이웃에게 새 신발을 사 주지 않아도 될 거예요."라고.

우린 현관으로 가서 인사를 했다.

할아버지가 말했다.

"네가 와 줘서 좋았다. 앞으로도 종종 오너라."

난 고개를 끄덕이고 초인종 옆 명패를 살펴보았다. 할아버지 이름을 모르고 있다는 게 떠올라서였다. '타넨바움'이라고 적혀 있었다. 타넨바움이라니, 재밌는 이름이네.

타넨바움이란 이름을 들어 본 적이 있다. 다니엘 타넨바움인데 하버드 대학교 천체물리학과 교수였다. 옛날에 저작권 다툼이 있었는데 그 뒤로 학교를 그만두고 다시는 책을 내지 않는 분이었다. (위키피디아에 그렇게 나와 있다.) 천체물리학의 고전인 《별》을 냈기 때문에 아주 잘 알고 있다. 나에게는 성경과 다름없는 책이다. 내가 가장 좋아하는 책이기도 하고. 어쩌면 이 타넨바움 할아버지는 그 타넨바움 교수를 알지도 모르겠다. 나중에 물어봐야겠다.

아, 졸려. 자야겠다. 내일은 학교에 간다. (—..—)

콘슨탄체를 본다. ^^

헹크도 보네. (—..—) (—..—) (—..—)

난 구원받았다

9월 2일 금요일 오후 7시 43분

개학하고 첫 한 주를 보냈다. 정말 끔찍했다.

최악의 상황 1

콘스탄체는 여전히 검은 옷을 입고 다니는데, 제이슨이 죽었기 때문이다. 그리고 여전히 가장 친한 친구였다고 생각하고 있다. 실은 가장 친한 친구보다 더한 사이였다는 냄새를 풍기고 있다. 그리고 콘스탄체는 제이슨의 형인 제임스에게 메일로 페이스북에 어서 제이슨의 추모 페이지를 만들라고 떼를 썼다.

(그러니까 제이슨인) 난 죽은 셈이다. 그리고 얼마 전에 동생이 죽은 형은 금세 소셜네트워크에서 자기가 알지도 못하는 한

여학생과 사귀기 시작했다. 결국 콘스탄체는 스스로 사이트를 만들더니 제임스를 운영자로 추가했다. 그리고 제임스에게 메시지를 보냈다.

"제이슨 사진 좀 많이 올려 줘. 어릴 때 사진도 부탁해."

그런 사진을 어디서 구한담?

제이슨 추모 페이지에 '좋아요'가 벌써 200이 넘었다. 이렇게 페이스북 친구가 많을 줄은 정말 몰랐을 테지.

최악의 상황 2

월요일부터 새 자리에 앉게 되었다. 아르투어가 화장실에서 한참이나 돌아오지 않아서 안젤름이 자리를 골라 앉을 때까지 기다렸다가 잽싸게 다른 자리에 앉았다. 난 안젤름을 못 본 척하고 배낭 속을 뒤져 댔다. 아르투어는 화장실에서 잠이 든 것 같았다. 난 다시 배낭에다 머리를 처박았다.

핸드폰이 여기저기서 울려 대기 시작했다. 내 것도 울렸다. 헹크가 사진을 보낸 것이다. 내가 토하고 있는 사진이었다. 다들 배꼽을 쥐고 웃어 댔고, 난 얼굴이 빨개졌다. 펑크(펑크는 1970년대 중반 이후 영국과 미국의 청년들에게서 시작된 반사회적이고 반항적인 문화 예술 현상을 말한다. 특히 록 음악 분야에서 두드러졌다.-옮긴이)족 피젤도 웃어 댔다.

"으아, 죽인다. 나도 견진성사(견진성사는 천주교에서 받는 성사 중의 하나다. 세례성사를 받은 뒤 7세에서 12세 사이의 어린이들이 믿음을 더욱 굳건히 하고 성령과 그 은총을 받기 위해 치러진다.―옮긴이) 받을 때 할아버지 구두에다 토한 사진이 있는데 그거만큼 끝내주네."

누군가 그렇게 말했다. 그러고는 한 번도 본 적이 없는 남자아이가 내 옆에 앉았다. 분명히 전학 온 아이다.

내가 말했다.

"자리 있어."

걔가 말했다.

"비었는데?"

내가 말했다.

"여긴 아르투어 자리야. 잠깐 화장실 갔어."

그러자 걔가 자기 배낭을 책상 위에 탁 하고 놓더니 "그럼 걔가 다른 자리에 앉아야지. 앉을 자리가 별로 안 남았네." 하고 말했다.

난 주위를 둘러봤다. 안젤름 옆자리만 비어 있었다. 안젤름은 유일하게 헹크가 보낸 사진을 못 받은 애였다. 안젤름은 다른 애들이 왜 그렇게 웃어 대는지 알아내려고 목을 길게 빼고는 다른 애들 핸드폰을 훔쳐보려 하고 있었다. 애들은 아직도 웃어 대고 있었다.

옆자리 애가 물었다.

"왜 다들 저렇게 웃고 자빠져 있는 거지?"

내가 숨길 게 또 남아 있기라도 하나? 아마도 앤 자기 옆에 누가 앉아 있는지 모르고는 아르투어 자리를 빼앗은 걸 테지. 내가 "이래서야." 하면서 내 사진을 보여 줬다.

걔가 "오오오." 하더니 사진을 뚫어지게 쳐다봤다.

"엄마가 좀 험하게 운전했거든."

걔가 날 쳐다보며 "아, 그래. 별로 안 좋은 일이야, 그치?" 하고 말했다.

내가 말했다.

"헹크는 이 사진을 페이스북에다 올렸어. 그리고 지금 핸드폰으로 애들한테 쏜 거야."

"누구?"

난 헹크를 가리켰다.

"쟨 종종 저러니?"

내가 말했다.

"매일 그래."

"인기 많아?"

"진짜 많지."

그러자 이 남자애가 일어나더니 헹크 앞으로 갔다. 그러고는 "야, 난 칼리라고 해."라며 헹크와 악수했다. 참나, 우리 반에 온 지 채 2분도 안 되어 어둠의 나락으로 떨어지다니.

헹크가 "전학 왔냐?" 하고 물었다.

"어, 근데 너랑 나랑 동시에 아는 애가 이미 한 명은 생겼어. 우리 반 말고 누가 금발 예쁜이인지 얘기해 줘."

헹크가 환한 표정을 지으며 "모니 말이야?" 하고 물었다.

어깨 너머로 콘스탄체를 봤더니, 콘스탄체는 모니 이름이 나오자 시무룩해졌다.

"그래, 모니. 너한테 뭔가 전달해 주고 싶은 게 있는데……."

역시 그렇군. 5분이 지나자 둘의 우정은 아주 깊어졌다.

"정말이야? 모니랑 나랑 잘 지냈지. 그래 할 말이 뭐야?"

헹크는 으쓱하며 주위를 둘러봤다. 금발 예쁜이 모니가 자기에게 할 말이 있다니 모두들 부러워할 만한 일이었다.

"여태껏 너같이 멍청한 애는 보질 못했대. 친구야, 기분 나쁘게 생각하지 마. 모니는 머리에 든 게 많은 애를 좋아한대."

칼리는 진짜로 미안한 듯한 목소리를 냈다. 그리고 친구답게 헹크 어깨를 툭툭 치고는 자기 자리로 돌아왔다. 애들이 다시 웃기 시작했다. 하지만 이번엔 다른 이유에서다. 애들은 웃는 걸 참으려고 했지만 그게 잘되지는 않았다.

피젤이 큰 소리로 말했다.

"뭐야, 제대로 딱지 맞은 거냐?"

이제야 모두들 깔깔깔 웃어 대기 시작했다.

난 완전히 어리둥절해져서 칼리에게 "모니랑 아는 사이였어?" 하고 물었다.

칼리는 어깨를 들썩이더니 "나는 모니가 누군지 몰라." 하고 말했다.

난 멍하게 이 남자애를 쳐다보다가 그제야 이해했다.

내가 "고맙다." 하고 말했다.

칼리가 손을 내밀더니 "난 칼리라고 해." 하고 말했다.

내가 악수하며 "난 에드바르트야." 하고 말했다.

"뱀파이어?"

"아니, 작곡가야."

"그리그?"

"아, 아는구나?"

"당연하지."

"아무도 모르던데."

"근데 애드바르트야? 아니면 에드바르트야?"

(에드바르트의 영어식 이름은 에드워드로, 스테파니 메이어의 뱀파이어 소설 《트와일라잇》의 남자 주인공 이름이기도 하다. 반면 에드

바르트 그리그(1843~1907)는 노르웨이 태생의 유명한 작곡가다.–옮긴이)

우리는 함께 웃었다. 그때 아르투어가 들어왔다. 아르투어는 내 옆자리에 누가 앉아 있는 걸 보고는 얼굴색이 변했다. 여기저기 두리번거리다가 안젤름 옆에 가서 앉았다. 안젤름은 기뻐서 아르투어에게 자리를 더 많이 주려고 가장자리로 붙었다.

난 칼리에게 깊게 감격해서 계속 몰래 칼리를 힐끗힐끗 바라봤다. 칼리는 헹크나 다른 애들이 머리를 삐쭉삐쭉 지저분하게 한 것과는 달리 단정한 머리를 하고 있었다. 옆머리와 뒷머리는 좀 짧게 자르고, 정수리는 길게 잘라 살짝 위로 올린 모양이었다. 그리고 검은 재킷과 달라붙는 바둑판무늬의 바지를 입고 있었는데, 그 끝을 부츠 안으로 집어넣었다.

이제 칼리는 헹크와는 친하게 지낼 수 없을 거라고 생각했다. 아니 오히려 헹크나 헹크 친구들이 얘를 화장실로 끌고 가서 머리를 처박아 버릴 거라고 생각했다. (모두들 헹크와 헹크 친구들을 무서워한다. 그러나 피젤은 좀 다르다. 헹크는 피젤을 진짜 무서워하는데, 11학년에 덩치가 큰 형이 있기 때문이다. 형도 펑크족이다.)

이제 헹크가 칼리를 화장실로 끌고 가서 머리를 처박아 버릴 순간이라고 다들 생각하고 있었는데, 뮐러뵈네 선생님이 들어

왔다. 그리고 다음이 충격이었다. 밀러뵈네 선생님이 여학생 한 명이 우리 반에 전학을 왔다고 말한 것이다. 우리는 주위를 막 둘러봤다. 그때에 칼리가 자리에서 일어났다.

"내 이름은 칼라야. 근데 다들 날 칼리라고 불러."

칼리는 고개를 끄덕이며 주위를 둘러봤다. 여기저기서 웅성 댔다.

쉬는 시간이 되자, 헹크가 우리 책상으로 달려와서 칼리에게 "내가 여자애는 안 때리는 걸 다행인 줄 알아." 하고 말했다. 그러고는 나에게는 남들이 다 들을 수 있도록 훨씬, 훨씬, 훨씬 큰 목소리로 "야, 이 계집애야, 새 여친이 생겼나 보네. 지금부턴 얘가 널 보호해 주니?" 하고 비아냥거렸다. 그러고 나서 일어난 일은 뭔가 몸과 마음이 따로 논 거 같은…….

최악의 상황 3

난 일어나서 헹크 코에다 주먹을 한 방 먹였다. 아마도 헹크보 다 내가 더 충격을 먹었을 것이다. 헹크 코에서 피가 나기 시작 하자 더 크게 충격을 먹었다. 내 뒤에서는 엄청난 박수 소리가 들렸는데 분명히 아르투어와 안젤름이었을 것이다.

난 교장 선생님 사무실로 끌려갔을 때에도 계속 충격을 먹고 있었다. 엄마, 아빠가 올 때까지 시간이 얼마나 흘렀는지도 몰랐다. 아빠는 오케스트라 연습을 취소했다. 엄마는 월요일이니 어차피 갤러리 문을 닫은 상태였다. 엄마는 집에 있다가 소식을 들었다. 웃기게도 난 나에게 일어난 일보다 엄마, 아빠를 더 걱정하고 있었다.

교장 선생님은 엄마, 아빠와 오래도록 이야기를 나누었다. 하지만 난 아무 소리도 들을 수가 없었다. 난 그저 내가 헹크 코에다 한 방을 먹었고 피가 입 주위로 흘러내린 것만 떠올랐다. 그때 헹크가 들어왔다. 누군가 나보고 헹크에게 사과하라고 말했고, 나는 헹크에게 미안하다고 말했다. 그러고 나서 우리는 집에 왔다.

난 태어나서 처음으로 외출과 인터넷이 금지되었다. 핸드폰도 빼앗겼다. 여느 때 같았으면 토론부터 했는데 이번에는 아니었다.

엄마가 말했다.

"네가 미성년자라 벌을 받지 않는다는 것이 다행이구나."

아빠가 말했다.

"이런 일은 단 한 번도 없었잖니, 단 한 번도."

엄마보다 아빠가 더 미칠 지경인 것 같았다. 오히려 엄마는 침착해 보였다.

아빠가 말했다.

"얘가 누구한테 배웠지? 우린 싸움이 일어나면 아주 이성적으로 해결하라고 가르쳤잖아."

엄마가 말했다.

"솔직하게 말해서 나도 헹크한테 한 방 먹였으면 했다."

아하, 그래요.

하지만 엄마는 재빨리 뒤로 물러나며 "하지만 그건 전혀 해결책이 될 수 없어. 에드바르트야, 일주일 시간을 줄 테니, 어떻게 하는 것이 자신을 적절하게 방어하는 방법인지 생각해 보렴. 그러고 나서 얘기하자꾸나." 하고 말했다.

학교에서 우리는 학교 폭력을 주제로 토론을 하는 시간을 가졌다. 헹크는 일주일 내내 집에 있었다. 하지만 무슨 말이 오가고 무슨 일이 있었는지는 친구들이 다 알려 주고 있었다. 그럼 뭐 어때.

헹크 친구들은 날 가만히 놔뒀고, 심지어는 날 피했다. 오로지 칼리와 아르투어, 안젤름만이 내 곁에 있었다. 놀랍게도 피젤이 자기도 우리와 함께 놀 수 있는지 물었다.

하지만 꿈쩍도 하지 않는 애가 한 명 있었다. 바로 콘스탄체였다. 콘스탄체는 나와 마주치면 딴청을 부리다가 등을 돌려 가 버리곤 했다.

이러는 사이에 제이슨의 페이스북 추모 페이지는 '좋아요' 가

3천이 넘었다. 무슨 일이 있었는지 모르겠다. 난 그냥 가만히 있기로 했다. 아무 일도 하지 않으면 잠잠해지겠지 뭐.

오늘 저녁부터 다시 인터넷을 사용할 수 있게 됐다. 하지만 하루에 한 시간뿐이다.

인터넷을 못했던 대신 지난주 내내 한 일이 있다. 바로 옛날에 나온 《스타 트렉》 DVD를 본 것이다. 나는 그중 〈넥스트 제너레이션〉에 빠져들어 버렸다. (《스타 트렉》은 1966년부터 시작되어 지금까지 이어져 오고 있는 대표적인 SF 드라마 시리즈다. 지금까지 수많은 텔레비전 드라마, 영화, 소설, 애니메이션, 게임 등으로 만들어졌다. 〈넥스트 제너레이션〉은 1987년부터 1994년까지 지속된 《스타 트렉》의 시리즈 중 하나다. ─옮긴이)

9월 3일 토요일 오후 8시 12분

제이슨 추모 페이지는 '좋아요'가 거의 만이 되었다. 수백 명이나 되는 사람들이 댓글을 끝없이 달고 있다. 대부분은 제이슨이 비극적인 의료사고 때문에 죽은 거에 화가 나 있었고, 제이슨 가족이 믿고 기댈 수 있는 변호사를 추천하고 있었다.

많은 사람들이 제이슨이 죽은 병원과 담당 의사 이름을 알고 싶어 했다. 어떤 사람들은 장례식이 언제 어디에서 있는지, 꽃을 보낼 수 있는지를 묻기도 했다. 그리고 제이슨을 추모하는 방법 중 하나로 제이슨의 이름을 딴 기부 재단을 만드는 데에까지 이야기가 번졌다. 방금 전엔 이 재단으로 어떤 사람들을 도와줄지 토론했다. 갑자기 웬 재단?

몇 주 동안 하루에 한 시간씩만 컴퓨터 앞에 앉을 수 있다는 게 기쁜 일일 수도 있다는 걸 새삼 깨달았다.

9월 4일 일요일 오후 7시 30분

오늘 오후에 아르투어, 안젤름, 칼리와 좀 빈둥거리며 놀았다. 우린 정원에서 웨슬리 크러셔(웨슬리 크러셔는 《스타 트렉》 시리즈 중 〈넥스트 제너레이션〉에 나오는 인간 종족이다.-옮긴이)에 대해 얘기하고 있었는데, 엄마가 피젤을 데리고 왔다.

엄마가 말했다.

"네 친구 한 명이 왔구나."

내가 말했다.

"쟨 우리 친구 아니에요."

아르투어가 덧붙였다.

"쟤는 그냥 좀 불량해 보이거든요."

엄마가 허리에 손을 짚으며 말했다.

"에드바르트야, 저 눈물이 날 만큼 불쌍한 헹크가 널 왕따 취급하는 게, 네가 다른 사람을 헹크처럼 똑같이 취급해도 된다는 말은 아니란다. 넌 왕따를 당한 애들이 흔히 하는 그대로를 따라하고 있구나. 하지만 난 잘 알고 있다. 네가 강하고 자의식도 충분해서 저 가련한 헹크가 했던 실수를 되풀이하지 않으리라는 걸 말이다."

엄마는 헹크를 말할 때마다, 이름 앞에다 언제나 새로운 형용사를 덧붙여 줬다. 하지만 헹크 맘에는 들지 않을 게 뻔한 것으로 말이다.

내가 말했다.

"엄마, 난 왕따가 아니에요. 그냥 예민해졌을 뿐이에요."

엄마는 "아니, 넌 왕따 당하고 있어. 억압과 자기부정은 희생자들이 전형적으로 나타내는 태도란다. 여보, 전에 심리학자랑 이런 얘기한 적 있죠?" 하고 집 쪽으로 소리를 질렀다.

뭐라고 웅얼거리는 아빠의 목소리가 작게 들렸다.

"그 심리학자 이름이 뭐였죠? 합창단 전부와 수석 바이올리니스트 치료해 줬던 분 말이에요."

아르투어가 "콘스탄체 엄마도 치료를 받았어?" 하고 재미있어했다. 콘스탄체 엄마가 아빠가 지휘자로 있는 오페라에 소속된 가수라는 건 누구나 다 알고 있는 사실이다.

아빠는 다시 집 안에서 뭐라고 말했는데 무슨 말인지 전혀 알아들을 수가 없었다.

"오케이, 우리 아들이 그분 만나 뵙고 싶어 한다고 전해 주세요. 괜찮다면 한 주에 한 번 정도."

내가 말했다.

"악, 싫어요!"

"얘긴 다 끝났어. 그리고 좀 친절해라. 네 이름이 뭐였지?"

피젤이 말했다.

"피젤이요."

엄마가 피젤을 쳐다보며 "아, 그래. 좋은 이름이구나. 뭐 좀 갖다 줄까?" 하고 말했다.

피젤이 "맥주랑 조인트(조인트는 마리화나나 하시시 따위를 섞은 담배이다.—옮긴이) 주세요." 하더니 낄낄거렸다.

엄마가 깔깔대며 웃더니, 피젤 어깨를 툭 치며 말했다.

"허풍을 지나치게 떠는구나. 콜라랑 재떨이 갖다 주마."

엄마, 아빠가 생각하는 성공적인 자식 교육이란, 열여섯 살짜리 아들이 맥주 맛과 담배 피우는 방법에 대해 알고 있는 걸 자연스럽게 여기는 것이다. 확실히 전 세계에서 유일한 부모일 거다. 그리고 피젤 같은 펑크족과 사귄다 하더라도 내쫓지 않고 허락해 주는 것이다. 또 피젤이 정원에서 우리처럼 쉽게 영향을 받는 사춘기 청소년 네 명 앞에서 태연하게 조인트를 말 때에도 함께 앉아 있는 것이다. 피젤도 사춘기 청소년이긴 하지만.

안젤름, 아르투어, 칼리, 난 팔짱을 끼고서 피젤이 담배, 담배 종이, 갈색 덩어리, 필터를 꺼내어 애쓰는 모습을 지켜봤다. 그리고 난, 아니 우리 네 명 모두 피젤이 자주 해 본 건 아니란 걸 깨달았다. 피젤이 만날 으스대던 것과는 다르게 말이다. 아마도 피젤은 태어나서 처음으로 해 보는 것이었는지도 모른다. 지금까지 그저 자기 형이 말던 모습을 옆에서 봐 온 정도였을 것이다. 아마도 피젤은 단 한 번도 담배를 펴 보지 않았을지도 모른다. 펴 봤다 하더라도 뻐끔담배 정도였을 거다.

엄마가 콜라 몇 병을 들고 왔다. 그리고 피젤이 애쓰며 말던 조인트를 가져갔다. 난 엄마가 버릴 거라고 생각했다. 왜냐하면 엄마는 미성년자가 밖에서 조인트를 피우는 것이 결코 바람직하지 않다고 여기리라 생각했기 때문이다. 하지만 내가 "그것 말고도 더 있어요."라고 말하기도 전에, 재빨리 조인트를 말아 주더니 집으로 들어가 버렸다.

피젤은 얼굴을 찡그렸다. 그러고는 조심스럽게 담배에 불을 붙이고 천천히 빨았다. 우린 텔레비전 시리즈에 나오는 여러 주인공들 얘기를 계속했다. 그런데 그때 숲에서 바스락거리는 소리가 났다.

푸들이 울타리 구멍에서 나오더니 우리에게 뛰어들었다. 피젤은 푸들을 보자마자 소리를 지르며 조인트를 떨어뜨렸다. 우린 깔깔대며 웃었다. 피젤은 개 알레르기가 있다고 소리를 지르다 자기 집으로 냅다 뛰어갔다. (그 와중에 조인트는 가져갔다.) 난 피젤이 개를 무서워하는 거라고 생각한다.

푸들은 우리에게 와서 킁킁거리더니 안젤름과 칼리 사이에 누웠다. 둘은 좋아서 소리를 질렀다. 그러다 아르투어와 안젤름이 집에 갔다. 아르투어의 수많은 형들 중 한 명이 생일이었고 안젤름은 할머니가 온다고 했다. 칼리는 푸들과 계속 놀았다. 난 엄마, 아빠가 나오지 않을까 집 쪽을 계속 쳐다보며 칼리 스마트폰으로 인터넷을 했다. 만약 들키면 내 인터넷 시간이 그만큼 줄어들 테니 말이다.

칼리가 물었다.

"이름이 왜 에드바르트야?"

"저번에 말한 대로야. 그리그 때문이야. 그리고 뭉크(에드바르트 뭉크는 19세기에 노르웨이에서 태어난 화가다.《절규》등의 그림으로 유명하다.—옮긴이) 때문이기도 하지."

칼리가 웃었다.

"아, 정말?"

"아빠는 그리그 음악을 좋아하고 엄마는 뭉크 그림을 좋아해.

그래서 그 사람들 이름으로 내 이름을 지으려고 했대."

칼리는 "근사하다. 그럼 넌 음악을 잘해, 아니면 그림을 잘 그려?"라고 말하곤 막대기를 던졌다. 푸들이 막대기를 찾으러 숲 속으로 뛰어 들어갔다.

"난 음악은 단 한 소절도 못 외어. 아빠가 콰르텟과 퀸텟의 차이를 그렇게나 열심히 가르쳤는데 다 소용이 없었지. 결국 아빠 심리 치료를 받아야 했어. 그리고 그림은 여태까지 직선 한 번 제대로 그려 본 적이 없어."

칼리가 "현대미술은 어때? 아마 물감을 벽에다 집어 던지는 건 할 수 있겠지." 하고 제안했다.

"아마 빗나갈 거야. 근데 네 이름은 왜 칼리, 아니 칼라야?"

칼리는 단지 "할아버지 때문이야."라고 하더니 다시 물었다.

"그럼 가운데 이름은 있어?"

"있어."

"말해 봐."

"싫어, 안 좋아해."

"난 브룬힐트야."

"그만해."

"할머니가 브룬힐트였거든. 자, 이제 네 얘기를 해 봐."

"좋아. 내 진짜 이름은 에드바르트 그레고리 발터 드 비니야."

"초등학교 때 이름 쓰느라 엄청 어려웠겠다."

칼리가 다시 물었다.

"그레고리는 어디서 왔어?"

"그레고리 월터 그래핀. 배드 릴리전의 가수 이름이래. 그렉이란 애칭으로 불렸지."(그레고리 월터 그래핀은 1964년에 태어난 펑크록 가수이자 대학교수다. 로스엔젤레스를 중심으로 활동한 밴드 '배드 릴리전'의 리더였다.-옮긴이)

"아, 그래서 너희 어머니가 너랑 피젤이랑 어울리길 바라셨구나. 네가 음악이나 그림에서 펑크를 가까이할 수 없으니까 다른 곳을 통해 펑크가 들어오게 말이야."

난 어깨를 웅크렸다.

"어쩌면 그럴지도 모르지."

"어쩌면 네가 진화 생물학자가 되길 바라셨는지도 모르지." 하고 울타리 너머에서 목소리가 들려서, 우리 둘은 정말 깜짝 놀랐다. 푸들이 막대기를 물고 덤불 속에서 나왔다. 그리고 나서 울타리 쪽으로 꼬리를 치며 경중경중 뛰었다.

내가 미심쩍은 목소리로 물었다.

"타넨바움 할아버지세요?"

울타리 너머에서 목소리가 들려왔다.

"푸들이 거기 있니?"

난 "그리로 보낼게요." 하고 푸들의 목줄을 잡아챘다.

나와 칼리가 강아지를 울타리 구멍으로 밀어 넣으려고 하는 동안에 난 다시 물었다.

"왜 진화 생물학이에요?"

"배드 릴리전의 그 가수는 진화 생물학 박사이기도 하단다. 몰랐니? 내가 쓸데없는 소리를 하고 있구나. 하지만 네가 태어나기 훨씬 전에 박사 학위를 받았단다."

"말도 안 돼요. 그 사람은 펑크 밴드 가수라고요!"

"그래, 맞단다."

칼리가 몸을 굽히며 웃었다.

"적어도 생물 점수는 잘 받겠지?"

내가 머리를 흔들었다.

"아니, 전혀."

"그럼 뭘 좋아해? 난 아직 네가 말한 것밖에는 모르잖아."

난 칼리에게 말해 줄까 고민했다. 하지만 타넨바움 할아버지가 들을지도 몰랐다.

내가 할아버지에게 물었다.

"그레고리가 진화 생물학자라는 건 어떻게 아셨어요?"

할아버지가 말했다.

"예전에 알고 지내던 사이란다."

난 자연스레 질문에 질문을 거듭할 수밖에 없었다. 우리는 할아버지 집으로 가 끝내는 옛 가구들로 가득 찬 방으로 들어섰다. 할아버지는 90년대에 하버드 대학에서 강의하다 우연히 그렉 그래핀을 알게 되었다고 이야기해 줬다. 둘은 아직도 가끔씩 메일을 주고받는다고 했다. 그리고 난 이제야 타넨바움 할아버지가 내가 가장 좋아하는 책을 쓴 타넨바움 교수라는 사실을 알아차렸다. 옆집 할아버지가 《별》을 쓴 사람이라니!

칼리는 계속해서 내가 가장 좋아하는 과목이 무엇인지 물어봤고, 타넨바움 할아버지도 조르고 졸랐다. 나중엔 정말 귀찮아져서 말하고 말았다.

"좋아요, 말하고 말래요. 물리예요. 그것도 천체물리. 나중에 천문대에서 일하고 싶어요. 거기서 백색왜성, 적색거성, 블랙홀도 다 계산해 내고 새 혜성을 찾아내서 내 이름을 붙일 거예요. 근데 어떻게 공부해야 할지 모르겠어요. 학교에서 가르치려는 것을 조금도 모르겠거든요. 아비투어를 엉망으로 치르고 나면 정말 따분한 걸 공부하거나 따분한 직업 훈련을 해서 죽을 때까지 그런 따분한 일이나 하면서 살겠죠. 콘스탄체 같은 애들은 나한테 전혀 관심조차 주지 않을 거예요."

칼리와 타넨바움 할아버지는 눈을 똥그랗게 뜨고 나를 쳐다봤다.

마침내 타넨바움 할아버지가 물었다.

"내가 널 도와줄까? 과외를 해 줄 수 있는데."

내가 말했다.

"전 가망 없는 멍청이예요."

칼리가 말했다.

"내가 과외해 줄 수도 있어."

"너도 물리 잘해?"

"아니, 다른 거⋯⋯. 콘스탄체 때문이라면."

난 조금 킬킬 웃었다. 그러고는 할아버지와 칼리에게 고맙다는 말을 했다.

9월 8일 목요일 오후 6시 32분

타넨바움 할아버지는 물리, 수학, 화학을 비롯해서 생물까지 과외수업을 해 줬다. 아아, 전에 미리 알게 됐더라면 얼마나 좋았을까. 게다가 수업은 재미있기까지 했다. 그리고 할아버지는 학교 선생님들보다 백배는 더 잘 설명해 줬다. 이를테면 재래식 화장실이 왜 필요한지, 그리고 그게 얼마나 훌륭한 공간인지 쉽게 설명해 주었다.

엄마가 말했다.

"알겠니, 에드바르트야. 우린 진작부터 네가 전혀 멍청하지 않고 다만 어떤 계기를 못 찾은 것뿐이라고 말했었잖니."

내가 물었다.

"그럼 어째서 아무도 나한테 과외를 시켜 줄 생각을 하지 않았죠?"

엄마가 말했다.

"우린 단지 너한테 강요하지 않으려고 했을 뿐이란다. 세상 사람들 모두가 1이나 2를 받을 필요는 없는 거니까. 우린 네가 학업성적이 좋아야 살 가치가 있다는 믿음 속에서 자라는 걸 바라지 않거든." (독일에서는 가장 좋은 점수에 1을 준다. 2가 그 다음이고 5는 낙제 점수다.—옮긴이)

"에, 그래요? 난 나중에 천체물리학자가 돼서 순간 이동 기계를 발명할 거라고요. 그러려면 먼저 좋은 점수를 받아야 하지 않겠어요? 그게 아니면 깨끗이 잊어버릴래요."

아빠가 말했다.

"천체물리학자는 순간 이동 기계 연구는 안 하지 않나?"

엄마가 말했다.

"난 네 나이 때에 간호사가 되고 싶었단다. 하지만 시간이 흐르면서 조금씩 바뀌었단다."

아빠가 물었다.

"간호사가 되고 싶었다고?"

"네, 그래요. 간호사 일이 전형적인 저임금 여성 직업이고, 내가 그 일을 하는 게 없어져야 할 제도를 유지시키는 일이라는 생각이 들기 전까지는요."

난 다시 한 마디도 이해하지 못했다. 그래서 그냥 내 방으로 들어갔다.

제이슨의 추모 페이지를 체크했는데 그사이에 3만 명이나 '좋아요'를 클릭했다. 당장 로그아웃해 버렸다.

9월 9일 일요일 오후 7시 52분

할 게 너무 많아서 책상 앞에 앉을 시간조차 없었다. 타넨바움 할아버지가 천문대와 자연과학 박물관에 데려가 주었고, 할아버지 집에서 우리만의 실험을 하기도 했다. 끝내줬다. 언제나 좋은 점수를 받는 칼리와 안젤름도 가끔 동참했다. 아르투어만이 질색하며 싫어했다. 아르투어는 이 모든 일을 재미없어했고, 자신이 무시당하고 있다고 느꼈다.

그래서 우리는 오늘 《스타 트렉》 영화를 보기로 했다. 모두 코스프레를 하고 오기로 약속했다. 난 시원한 일등항해사 복장을 했고, 아르투어는 클링언족 복장을 하고 왔다. (아르투어는 긴 머리 가발을 쓰고 헤비메탈 티셔츠를 입고 짝 달라붙는 가죽 바지를 입고 와서 아주 잘 흉내 냈다고 믿었지만, 사실 그다지 비슷해 보이진 않았다.) 안젤름은 안드로이드 데이터를, 칼리는 불칸족을 흉내 냈다. 피젤은 사슬로 온몸을 묶고 왔는데 광선검을 하나 가지고 왔다. 조금 지나서 피젤이 영화를 착각했다는 걸 깨달았다. 우리는 영화 세 편을 쉬지 않고 봤다. 아르투어 기분이 좀 나아졌다.

화요일이 오기만을 기다린다. 화요일에 올해 첫 수학 시험을 치르기 때문이다. 이제 그만 써야지. 이항식 복습을 하기 위해 다운로드할 게 있다.

덧붙임.

콘스탄체가 오늘 나에게 칼리가 내 여친인지 물었다. 난 그냥 어깨만 으쓱하고 말았다. 콘스탄체는 묘한 표정을 지었다. 아마 조금 질투하고 있는 거겠지.

9월 15일 목요일 오후 4시 21분

수학에서 1점을 받았다!!! 타넨바움 할아버지 과외 덕으로 난 아비투어에서 1.0을 받을 거다!!! 그러면 장학금을 받고 미국으로 건너가 하버드에서 공부할 거다. 거기서 헹크 따위는 없는 새 삶을 살아야지. 아마도 콘스탄체는 날 사랑하게 되겠지. 난 성공했고 성격도 좋으니까!!!

난 구원받았다!!!

내 삶은 끝났다

9월 17일 토요일 오후 10시 56분

망했다. 타넨바움 할아버지가 이사를 간단다! 내 삶은 끝났다!

쩝, 사정은 이렇다.

목요일에 타넨바움 할아버지에게 수학 시험지를 보여 줬다. 할아버지는 이미 조금 이상해져 있었다. 할아버지도 당연히 아주 기뻐했다. 그게 다였다. 그런데 좀 이상한 말을 덧붙였다. "너 혼자 다 한 것이라는 걸 꼭 기억해 두렴. 나 없이도 이런 점수 받을 수 있는 거 알지, 에드바르트야?"

그때는 엄마, 아빠가 늘 하는 말처럼 용기를 북돋아 주려고 하는 말인 줄 알았다.

오늘 변압 실험을 몇 차례 하기 위해 할아버지 집에 가는 참이

106

었다. 이젠 할아버지 집은 초인종을 누르지 않고도 부엌문을 통해 맘대로 드나들 수 있다. 오늘도 부엌문을 통해 집으로 들어갔더니 푸들이 꼬리를 살랑살랑 흔들었다. 복도를 따라 앞으로 가고 있었는데, 타넨바움 할아버지가 아주 화가 난 목소리로 통화를 하고 있었다. 할아버지가 날 보자 소리 지르는 걸 멈췄다. 그러고는 손에 든 수화기를 보더니 쾅 하고 전화기에 내려놓았다.

할아버지가 말했다.

"에드바르트야, 미안하구나. 너도 들었겠지? 난 여기를 떠나게 됐단다."

난 금방 알아듣지를 못했다.

"뭐라고요? 떠나요? 방문하실 곳이 생겼어요? 아니면 출장 같은 거 가세요?"

할아버지는 나에게 이 집에서 나가게 됐다고 이야기해 줬다. 집이 실은 할아버지의 것이 아니었던 것이다.

내가 말했다.

"할아버지 집이 아니었어요?"

"내 집이 아니란다. 월세를 내고 있어."

"누구한테요? 할아버지의 할아버지가 이 집을 지었다고 했잖아요. 그럼 할아버지 가족 것이잖아요."

나는 모든 걸 다 알 때까지 질문에 질문을 거듭했다.

다니엘 타넨바움 할아버지의 이야기

제이차세계대전이 터졌을 때, 타넨바움 할아버지의 할아버지는 망명해야만 했다. 유태인이었기 때문이다. 전쟁이 끝나고 타넨바움 할아버지의 할아버지는 아들(타넨바움 할아버지의 아빠)을 데리고 돌아와서 빼앗겼던 집을 되찾기 위해 온 힘을 다했다.

마침내 1950년대 초반 할아버지의 부모님은 다시 이 집으로 이사를 왔고 정말 행복했다. 그리고 타넨바움 할아버지가 진짜로 이 집에서 태어났다.

타넨바움 할아버지는 열일곱 살에 공부하기 위해 미국으로 건너갔다. 그곳에서 아주 오랫동안 머물렀는데, 정확하게 25년이었다. 그곳에서 책을 몇 권 썼는데, 그중의 하나가 《별》이었다. 이 책은 지금도 높은 수준을 자랑하고 있다. 그때까지는 모든 일이 기가 막히게 잘 풀렸다.

그러다 부모님이 아주 비극적으로 돌아가셨다. 먼저 엄마가 중병으로 돌아가셨고, 그 다음엔 얼마 지나지 않아 아빠가 사고로 돌아가셨다. 타넨바움 할아버지는 마음이 무척 아팠다.

게다가 미국에서도 일이 꼬이기 시작했다. 부인이 이혼을 요구했다. 그리고 동료 한 명이 타넨바움 할아버지의 업적을 베껴 논문을 발표해서 학계에서 선두 주자가 되었다. 타넨바움 할아버지는 법원으로 가서 이 거지 같은 일을 고발하고, 할 수 있는 일을 모두 했다.

하지만 판사는 누가 먼저 썼는지 또는 발견했는지 확실히 알 수 없다고 판결했다. 할아버지는 오만 가지 정이 다 떨어져서 비행기를 타고 독일에 있는 부모님의 집으로 돌아왔다.

하지만 더 이상 가족은 아무도 남아 있지 않았다. 할아버지는 이혼과 재판 때문에 돈이 한 푼도 없었다. 하지만 더 이상 교수를 하고 싶지는 않았다. 왜냐하면 바보 같은 학계에 질려 버렸기 때문이다.

할아버지는 집을 나이가 많은 다른 사람에게 팔았다. 그 사람은 친절했고 할아버지의 처지를 아주 잘 이해해 줬다. 그 사람은 아주 싼 월세로 할아버지를 집에 살게 해 주었고 할아버지가 죽을 때까지 살 수 있게 해 주겠다고 약속했다. 타넨바움 할아버지는 더 이상 좋을 수 없는 해결책을 얻었다.

할아버지는 책을 많이 읽고, 여전히 별을 관찰했으며, 집에서 연구를 계속해서 늘 최신 이론을 만들어 냈다. 돈을 벌기 위해서 할아버지는 천문대 안내를 했고 교과서 몇 권을 썼고 시민대학에서 강의를 했다. 단, '가짜 이름'으로 말이다.

몇 주 전에 그 착한 집주인이 죽었다. 그런데 집을 물려받게 된 딸은 자기 아버지와 타넨바움 할아버지 사이에 맺은 약속을 전혀 알지 못한다고 한 것이다. 타넨바움 할아버지가 죽을 때까지 이 집에서 살 수 있다는 약속 말이다. 그 딸은 자기가 살겠다며 할아버지에게 나갈 것을 요구했다. 할아버지는 어떠한 경우에라도 나가지 않겠다고 했다. 하지만 안타깝게도 할아버지는 집주인의 약속만을 믿었기 때문에 지금 손에 쥔 게 하나도 없었다. 아마도 약속을 기록한 서류가 어딘가에 있을 텐데 시간이 하도 지난 다음이라 지금 어디에 있는지 알 길이 없었다. 아마 다른 종이들을 버릴 때 딸려 갔을 것이다.

어쨌거나 8월 말에 이미 나갔어야 했다. 그게 이번 금요일에 9월 말까지 연기된 것이었다.

난 "근처에다 집을 구할 수 있지 않나요?" 하고 물었다.

할아버지는 고개를 저었다.

"아니야. 에드바르트야, 여긴 내 집이야. 더 이상 여기에서 살수 없다면 난 멀리 떠날 거야. 왜냐하면 날마다 내 집을 봐야 한다는 게 너무너무 마음이 아플 거기 때문이야. 그리고 누가 알겠니. 그 여자가 집을 무너뜨린다든지 아니면 다른 끔찍한 일을 할지."

난 침을 꿀꺽 삼켰다.

"그게 가능해요?"

"이젠 그 여자 집이니까."

내가 말했다.

"하지만 할아버진 떠나면 안 돼요! 그럼…… 그럼 난 어떡하라고요?"

"에드바르트야, 넌 이 짧은 시간 안에 모든 것을 해냈단다. 넌 이제 내가 필요 없어. 그리고 아마 나보다 훨씬 더 좋은 과외 선생님도 많을 거야."

난 할아버지를 뚫어지게 쳐다보다 머리를 흔들었다.

"하지만 난 할아버지를 좋아해요. 할아버진 다른 사람들과는 달라요. 할아버지랑 있으면 내가 잘못되고 있다는 생각이 들지 않아요."

말을 하고 나서 나도 깜짝 놀랐다. 이런 말을 하다니.

할아버지는 얼굴을 손으로 문지르더니 한숨을 쉬었다.

"나도 여기서 살고 싶단다. 에드바르트야, 그런데 앞으로 어떻게 될지 나도 모르겠구나."

9월 18일 일요일 오후 12시 12분

내 인생은 끝났다. 얼마 전까지는 좋아지고 있다고 생각했다. 하지만 이젠 망했다.

콘스탄체는 역시 날 좋아하지 않는다. 콘스탄체 페이스북을 봤더니 여전히 제이슨 애기로 꽉 차 있었다. 잠시 동안 난 콘스탄체가 나에게 호감을 가지고 있다고 생각했다. 콘스탄체가 칼리에게 질투를 느끼고 있다고 생각했기 때문이다. 하지만 아무도 칼리를 질투하지 않는다. 칼리는 너무 남자같이 생겼고 하루 종일 남자처럼 행동하고 다니기 때문이다.

그리고 헹크는 뭔가 꿍꿍이가 있는 것 같았다. 페이스북에 아무것도 쓰지 않고 있다. 그리고 학교에선 나에게서 멀리 떨어져 있다. 너무나 조용히 있어서 믿기지 않을 정도다.

난 천체물리학자가 되고 싶은 꿈을 포기했다. 타넨바움 할아버지도 없는데 어떻게 할 수 있단 말인가? 할아버지가 설명할 때에만 쏙쏙 들어온단 말이다. 여태껏 교사 백만 명도 못했던 일이다.

그리고 제이슨 추모 페이지는 '좋아요'가 7만이 넘었다. 내가 한 짓을 들킨다면 난 완전히 끝날 거다. 더 이상 살고 싶지 않다. 뭘 위해서 살아야 하지?

9월 18일 일요일 오후 12시 27분

오오오오! 아르투어가 2주 뒤에 시내에서《스타 트렉》행사를

한다고 알려 줬다. 게다가 우리 표까지, 심지어 피젤 것까지있
단다. 아르투어는 표를 공짜로 얻었는데, 걔네 아빠가 그 행사
에 음식을 공급하기 때문이란다.

9월 18일 일요일 오후 4시 35분

내가 타넨바움 할아버지 이야기를 하니까, 엄마 아빠도 잔뜩
화가 났다.

아빠가 물었다.

"확실히 더 이상 할 수 있는 게 없니? 법에 호소할 방법은 없
을까?"

내가 말했다.

"이미 변호사랑 얘기를 해 봤대요."

엄마가 말했다.

"그럼 할 수 있는 게 아무것도 없겠군."

아빠가 말했다.

"할아버지가 이사 가기 전에 네 책에다 사인을 받아 두렴. 이
런 기회가 흔치 않으니까."

엄마가 말했다.

"그 여자는 자기가 산다는 이유로 할아버지를 내보내려 한다

는 거지? 그 여자는 그 집을 다가구주택으로 바꿔 많은 월세를 받으려고 할 거야. 아니면 집을 깔아뭉개고 나서 엉망진창 흉측한 다가구주택을 짓고 정원에다 지하 주차장과 수영장을 지을지도 몰라. 정원이 꽤 크니까. 어느 쪽이 더 그럴듯할까?"

내가 말했다.

"그럼 타넨바움 할아버지는 어디로 가서 살죠? 가구와 책이 엄청 많은데. 그리고 모두 다 사연이 있어서 버릴 수 없어요."

아빠가 말했다.

"싸게 보관하는 방법이 있어. 창고를 임대할 수 있단다. 지하실이 없거나 작은 사람들은 그렇게 하고 있어."

엄마가 말했다.

"내가 할아버지라면 그냥 집에 계속 머물러 있겠어."

내가 말했다.

"그건 불가능해요. 못 들으셨어요? 그 여자가 할아버지를 내쫓는다고요."

"그래, 처음엔 그렇게 하려고 하겠지."

내가 말했다.

"월세 계약을 취소했다잖아요."

엄마가 말했다.

"근데 만약 안 나간다면?"

"글쎄요, 모르겠는데요. 경찰을 부를까요?"

"그럼 경찰이 뭘 할까? 내쫓기?"

난 어깨를 으쓱했다.

"아니에요?"

"할아버지가 문을 안 연다면, 이 일은 법정에 갈 거야. 그럼 한 달 이상 끌겠지. 그럼 누가 알겠니. 그때까지 무슨 일이 일어날지."

난 엄마 말에 깜짝 놀랐다.

"그럼 경찰이 들어오지도 못하고 아무것도 할 수 없다는 말이에요?"

"에드바르트야. 엄마, 아빠가 대학생일 때에 얼마나 많은 집을 점거해 본 적이 있는지 아니? 누군가 들어와서 모든 사람들을 밖으로 내보낼 때까진 시간이 좀 걸린단다."

"집들을 점거한 적이 있다고요?"

엄마, 아빠에게 또 한 번 깜짝 놀랐다.

아빠가 말했다.

"너희 엄마는 엄청나게 큰 플래카드를 만들어서 우리가 왜 이 집을 점거해야 하는지 부드러운 말로 적어 넣었지."

내 머릿속은 온통 뒤죽박죽이었다. 내가 물었다.

"왜 집들을 점거했어요?"

"집주인들이 옛집들을 화려하게 치장한 다음에 월세를 높여 받으려고 했어. 그곳에 사는 사람들은 더 이상 높은 월세를 감당할 수가 없었던 거지. 이런 일도 있었지. 집들을 다 무너뜨리고 나서 더 크게 지으려고 했던 거야. 이게 다 돈 때문이란다."

엄마는 손으로 허리를 짚었다. 곧 연설이 시작된다는 뜻이다. 그럼 아빠와 난 마음을 느긋하게 먹고 창문을 열어 공기를 잘 통하게 한다.

그런데 이번엔 그럴 필요가 없었다. 이상하게도 아주 잘 들렸기 때문이다. 마침내 나는 컴퓨터 사용 시간을 줄이기로 마음먹었다. 왜냐하면 집을 점거하기 위해서라면 자세히 공부해 둬야 하기 때문이다.

죽고 싶은 날은 없다

9월 18일 일요일 오후 9시 23분

엄마, 아빠는 우리 집에 침대보가 아주 많이 있으니까 걱정하지 않아도 된다고 했다.

난 피젤에게 전화를 걸었다. 피젤은 스프레이를 가지고 왔다. 피젤의 형이 그 스프레이로 학교 담벼락에다 "교사들은 꺼져라. 학교는 우리 것이다!"라고 쓰곤 했다.

우리는 침대보에다 "이 집 은 점 거 중 입 니 다."라고 써서 타넨바움 할아버지 집 발코니에 걸려고 했다. 아쉽게도 피젤이 'ㅁ'을 'ㅇ'처럼 쓰긴 했지만, 무슨 말을 하려고 하는지는 다 이해할 수 있을 거라고 생각한다.

타넨바움 할아버지는 플래카드 옆에 서서 한참을 들여다보았다. 짜릿한 감동을 느낀 것 같았다. 조금 운 것 같기도 했다. 그러고 나서 할아버지는 "애들아, 점거 기념 식사로 소시지를 넣은 감자 샐러드를 내올까?" 하고 말했다.

우리는 잽싸게 아르투어와 칼리에게 전화를 걸었다. 당연히 안젤름도 나타났다. 심지어는 다른 애들보다 더 먼저 왔다. 조금 뒤에 엄마가 와서 일이 어떻게 진행되고 있는지 살폈다. 엄마는 침낭, 등산 매트, 이불 들을 들고 왔다.

엄마가 "이미 벌인 일은 마무리를 지어야 해." 하고 말했다. 그리고 엄마도 동참하고 여기서 자겠다고 말했다. 그때 타넨바움 할아버지는 조금 놀라 보였다.

아빠에게 엄마 이야기를 하니까, 아빠는 엄마가 '반지성주의적 문화 산업계 부르주아'라고 대답했다. 그리고 만날 짓는 표정을 지었다. 그 표정의 뜻은 "묻지 마."이다.

제이슨의 추모 페이지는 '좋아요'가 8만이 넘었다.

9월 19일 월요일 오후 8시 19분

엄마는 우리가 학교에 가 있는 동안에 플래카드 전시회를 열겠다고 했다. 엄마는 조금 과장되긴 했지만, 진짜로 그랬다. 내가 칼리, 피젤, 아르투어, 안젤름과 함께 학교에서 돌아왔을 때,

여러 구호들이 적힌 침대보가 창문에 걸려 있었다.

안젤름을 빼고는 타넨바움 할아버지 집에서 밤을 보낼 수 있게 됐다. 안젤름은 밤 아홉 시까지는 집에 들어가야 한다. 원래는 여덟 시까지인데 부모님께 이번 일을 잘 설명해서 한 시간을 늦췄다.

안젤름은 부모님께 "개인적인 발전뿐만이 아니라 분쟁 현장에서의 정치적인 발전을 위한 중요한 경험이 될 것입니다. 재론의 여지가 없습니다. 제가 이 일에 참여할 수 있도록 허락해 주신다면 정말 감사드리겠습니다." 하고 말했단다.

안젤름네 가족이 평소에 집에서 무슨 말을 하고 사는지 정말 궁금하다. 집에서 부모님에게 "아버님, 어머님." 이러겠지? "아버님, 소금 좀 건네주시겠습니까?" 이럴 거야.

엄마가 침대보에 적은 구호는 이랬다.

"집 은 실 제 살 고 있 는 사 람 것 이 다!"
"자 본 주 의 때 문 에 무 주 택 자 가 생 긴 다!"
"소 유 보 다 점 거!"
"우 리 는 이곳 을 지 킨 다. 철 거 하 면 끝 까 지 저 항 한 다!"

엄마는 맨 마지막 플래카드 앞에 서서 머리를 긁적였다. (이

플래카드는 처음엔 1층 뒤쪽 창문에 걸려 있었다.)

"이건 좀 너무 나간 거 같은걸."

내가 물었다.

"왜요?"

엄마는 "음, 너희들이 아직은 미성년자이기 때문이야. 너희들이 좀 더 성숙한 의견을 갖도록 해야겠다." 하더니 스프레이를 빼들어 흔들었다. 그러고는 대문자 A를 큼지막하게 쓰고는 주위에 동그라미를 쳤다.

내가 말했다.

"와와, 아나키네요. 엄마도 알아요?"

엄마는 "내가 발명한 거란다."라고 주장하고는, 다 쓴 것 같다고 했다.

내가 말했다.

"그래도 타넨바움을 쓰고 A마다 동그라미를 쳐 주세요."

(아나키는 흔히 '무정부 상태'로 번역되나 '평등하고 평화로운 관계를 옹호하고 모든 억압과 폭력을 부정하는 태도나 행동'에 더 가까운 뜻이다. 타넨바움의 철자는 TANNENBAUM인데 여기에 A가 두 개 들어가 있다.─옮긴이)

엄마가 동그라미를 치면서 말했다.

"에드바르트야, 넌 나랑 뜻이 맞는구나. 우리 돌멩이를 모아서 어디다 숨겨 두자꾸나."

내가 물었다.

"돌이요?"

엄마가 말했다.

"그거 아니? 우리 옛날엔…… 아, 아니다."

우리가 학교에 있을 때에 짐을 실어 나르려는 이삿짐센터 차가 왔었다고 타넨바움 할아버지가 이야기해 주었다. 사람들이 침대보 플래카드를 보더니 속력을 높여서 가 버렸다고 한다. (당연히 엄마가 잔뜩 화가 난 얼굴을 한 채 집 안에 있는 모습도 봤겠지.)

엄마는 내일 아침엔 갤러리에 가야 한다면서 나에게 학교에 낼 결석계를 보여 줬다.

엄마가 말했다.

"내일 아침 일찍 선생님한테 가서 건네주마."

난 내가 학교에 가지 않고 타넨바움 할아버지 집을 점거해 일주일이나 살 수 있다는 사실에 기뻐 어쩔 줄을 몰랐다. 집을 점거하는 게 이렇게 신 나는 일일 줄이야! 끝내준다. 어딘가에서 집이 점거되면 사람들이 왜 다들 그렇게 화를 내는지 도무지 알수가 없다.

아무것도 아닌데.

9월 20일 화요일 오후 2시 52분

피젤의 형인 라테 형이 친구 두 명을 데리고 왔다. 형들은 여기에 오면 시원하게 늘어져 있을 수 있다는 소리를 듣고는 이곳에 와서 학교를 땡땡이쳤다. 그때 난 타넨바움 할아버지와 책이 가득 찬 방에 앉아 있었다. 할아버지가 옛날 별자리 지도를 보여 주던 참이었다.

타넨바움 할아버지는 라테 형이 피젤보다 더 괴상한 복장을 하고 있는 걸 보고, 그리고 그 다음엔 하는 짓도 피젤보다 더한 것을 보고는 눈이 휘둥그레졌다.

형들은 모두 열여덟 살로, 괴상한 머리를 하고 가죽 재킷과 찢어진 청바지를 입고 있었다. 다들 진짜 펑크족처럼 보였다. 피젤의 형 라테는 쥐 한 마리를 데리고 있었는데 아주 온순하고 말귀도 잘 알아듣는다고 했다. 물론 피젤이 설명해 줬다. (라테는 독일어로 쥐를 뜻한다. ─옮긴이)

타넨바움 할아버지가 물었다.

"너희들 왜 학교를 빠졌니?"

라테 형이 주위를 두리번거리며 말했다.

"수학 때문에요. 근데 여기서 담배 펴도 되나요?"

할아버지가 "발코니에서 피렴." 하고 말하고는 어떻게 나가는지 알려 줬다. 푸들이 형들을 따라갔다.

한 시간 반 뒤에 과외가 끝났다. (그 뒤의 시간은 사실 과외는 아니었다. 우린 이미 아침 내내 화학과 수학, 물리학을 공부했다. 나머지 시간엔 천문학을 조금 공부했는데 오로지 내가 하고 싶어서였다. 학교 공부 때문이 아니라.)

길 건너편으로 걸어가 카메라로 집을 찍었다. 어쩌면 학교 신문에 기사를 쓸 수 있을지도 모르기 때문이다. 헹크 사촌이 학교 신문에서 일하긴 하지만 말이다. 그래도 난 괜찮은 기삿거리와 사진을 가지고 있잖아. 사진은 정말 잘 나왔다. 플래카드가 전부 찍혔고, 라테 형과 친구들이 발코니에 있는 모습도 아주 잘 나왔다. 내가 사진을 찍으려니까 모두 근사한 포즈를 잡아 줬다. 모두 스무 장을 찍었다. 형들이 푸들을 잡고서 발코니 바깥으로 들어 올린 사진도 몇 장 있었는데, 마치 마이클 잭슨이 아기를 발코니에서 들어 올린 사진과 비슷했다.

앞집에 사는 헤름스도르프 아줌마가 정원 울타리로 다가와서는 "에드바르트야, 저 윗집 괴짜 남자한테 무슨 일이 일어났다니? 강도라도 들었다니?" 하고 물었다.

내가 말했다.

"아니에요. 할아버지가 쫓겨나지 않도록 집을 점거해서 도와드리려는 것뿐이에요."

"근데 왜 이사를 가야 한다니?"

아줌마가 호기심 많은 메추리처럼 물었다. (아빠는 언제나 아줌마를 메추리 같다고 했다.)

난 대꾸하기 싫어서 "직접 가서 물어보세요."라고 했다.

아줌마는 머리끝까지 화가 나서 "이런 무식한 짓이 잘될 리는 없지." 하고 말했다.

라테 형과 친구들이 아줌마를 발견하고는 뭐라고 소리를 질렀다. 무슨 말이었는지 정확하게 알아들을 수는 없었는데 "할망구는 꺼져라."와 비슷했다. 하지만 헤름스도르프 아줌마는 알아들었다. 게다가 한 명은 내내 휘파람을 불고 있었는데, 아줌마는 진짜 기분 나빠했다.

아줌마는 두 주먹을 꼭 쥐고는 "좋아. 경찰을 부르겠어."라고 말했다. "오케이, 경찰을 불러요."라고 누가 말하자 아줌마는 집으로 쑥 들어갔다. 라테 형과 친구들은 배꼽을 잡고 웃으며 "짭새가 온대요! 짭새가 온대요!" 하고 놀려 댔다.

난 다시 할아버지 집으로 갔다. 할아버지가 점심을 준비했다. 할아버지는 렌즈콩 수프를 잔뜩 만들어 놓고 "이따가 장을 좀 봐야겠구나. 이렇게 손님이 많이 올 줄은 몰랐단다." 하고 말했다. 할아버지 얼굴에선 빛이 났는데, 이 때문에 아주 행복해 보였다.

나는 할아버지가 아주 괴팍해서 다른 사람들과는 어울리는 법을 모를 거라고 생각했다. 내가 이 말을 하자, 할아버지는 "에드바르야, 가끔은 어떻게 하는 게 좋을지 아닐지 전혀 모를 때가 있을 뿐이란다."라고만 했다.

할아버지는 라테 형을 불러서 가까운 슈퍼마켓에 가서 소시지 20인분을 사 와 달라고 부탁했다. 할아버지는 웃는 얼굴로 "누가 알겠니, 온 동네 사람들이 다 올지." 하며 덧붙였다. 라테 형이 잽싸게 달려 나가려고 하자 할아버지는 다시 불러서 장 볼거리를 재빨리 잔뜩 써서 건네줬다.

라테 형이 놀라서 물었다.

"이렇게나 많이요?"

타넨바움 할아버지는 어깨를 으쓱하고는 "여기 오래 있을 거지?" 하고 물었다.

라테 형은 "어⋯⋯ 그게⋯⋯ 그러죠 뭐. 그럴 수 있으면요." 하고 아주 수줍어하며 말했다.

"네 친구들과 같이 가라. 난 에드바르트하고 집을 좀 더 정리해야겠다."

할아버지가 돈을 주자 라테 형은 친구들과 함께 사라졌다.

난 테이블보 정리하는 걸 도왔다. 곧이어 안젤름, 아르투어, 칼리가 왔다. 그리고 피젤도 왔다.

9월 20일 화요일 오후 4시 11분

메추리 같은 헤름스도르프 아줌마는 진짜로 경찰에 전화를 했다. 좀 이따 경찰차가 집 앞을 지나갔다. 하지만 아무도 안으로 들어오지는 않았다.

9월 20일 화요일 오후 6시 42분

뭔가를 해야겠다. 제이슨의 페이스북 페이지는 밤새 팬이 두 배 가까이 됐다. 왜 이렇게 됐는지 도무지 모르겠다. 15만 명이 넘게 '좋아요' 버튼을 누르고는 제이슨같이 착한 소년(하하하, 착한 소년이라고?)이 그런 끔찍한 의료사고 때문에 소중한 삶(에에에, 어떤 삶이라고?)을 마친 일에 분노했다. 사람들은 어느 병원이 그 짓을 했는지, 제이슨이 어디에 묻혔는지를 알고 싶어 했다. 묘를 찾아가 추모하려고 말이다. 그리고 나(제임스)에게 변호사들이 수도 없이 쪽지를 보내 무료로 사건을 맡겠다고 했다. 기자들은 자신들의 견해를 밝혔다.
　콘스탄체는 얼마나 제이슨을 그리워하는지, 제임스에게 기념품을 보내 줄 수 있는지에 대해 대략 천 번도 더 넘게 쪽지를 보냈다.

내가 콘스탄체에게 내 물건 하나를 보내 주고 제이슨 거라고 할 수도 있겠지만…….

어쨌거나 뭔가를 해야만 한다. (제임스 말이다. 어쨌거나 제임스가 뭔가를 해야 해. 쳇, 뒤죽박죽이 되었네.)

내가 만약에 일주일 동안 학교에 가지 않으면 그 일주일 동안 콘스탄체도 보지 못한다. 그래도 적어도 페이스북으로 걔가 뭘 하는지는 알 수가 있다. 콘스탄체의 페이스북은 실제 콘스탄체의 모습과 거의 똑같다.

그러나 어쨌거나 걔는 나에게 말을 걸지 않는다.

9월 20일 화요일 오후 6시 59분

그러고 보니 콘스탄체 페이스북에 글을 쓸 수가 있다. 제임스 이름으로 쓰면 되니까. 콘스탄체는 꼭 답을 해 주는데, 그건 조금은 나에게 해 주는 것이기도 하다. 제임스에게 쓰는 것이긴 하지만 제임스는 세상에 없는 사람이니까 나에게 하는 거나 다름없다. 콘스탄체는 이 사실을 모른다. 만약에 안다면 답을 해 주지 않을 것이다. 제임스니까 하는 것이다. 내가 제임스라는 걸 안다면 제임스에게 답을 해 주지 않을 테지. 왜냐하면 나에게는 절대 답을 해 주지 않으니까.

그래. 콘스탄체 담벼락에 글을 써야겠다. 근데 뭘 쓰지?

9월 20일 화요일 오후 10시 07분

멍청한 실수를 저질렀다.

피젤은 랄프라고 불리는 형이 있는데, 랄프 형은 자기 이름을 아주 싫어했다. 그리고 랄프 형, 그러니까 라테 형은 동생이 있었는데 피젤이라 불리는 피터였다. 난 피젤의 원래 이름이 피터인 것을 몰랐다. 심지어는 선생님들도 피젤이라고 불렀으니까 말이다. 피젤과 라테 형에게 정상적인 이름이 따로 있었다니 정말 웃기다. 난 하루 종일 그 둘이 우리와 똑같은 모습에 정상적인 머리를 하고 있는 모습을 상상해 봤다. 하지만 실패했다. 그리고 내가 그 둘을 피터와 랄프 형이라고 부르는 건 도무지 상상조차 못하겠다.

어쨌거나 머릿속에서 그 둘을 계속 피터와 랄프 형으로 부르는 연습을 해서, 어느 틈엔가 제대로 부를 수 있게 되었다. 저녁 먹을 때였다. (타넨바움 할아버지가 우리 모두를 위해 피자를 만들었다. 진짜다. 피자 판도 직접 만들어 구웠다.) 엄마, 아빠도 왔고, 안젤름 부모님도 왔는데, 이따가 안젤름을 데려가기 위해서라고 했다. 하지만 진짜로는 여기가 어떤 상황인지 둘러

보기 위해서였다. 안젤름은 꼭지가 돌 정도로 고통스러워했다. 얼굴과 몸이 다 시뻘게질 정도로. 실은 몸 전체가 다 시뻘게진 정도는 아니고 군데군데 검붉은 반점이 생긴 정도였는데 진짜 우스꽝스러웠다.

아르투어의 부모님은 아르투어가 뭘 하고 다니는지 별 관심이 없었다. 아르투어는 언제나 자기 집에서 아들 한 명 없어져도 부모님은 눈치채지 못할 거라고 했다.

난 피터와 랄프 형에게도 부모님이 있는지 생각해 봤다. 당연히 부모님이 있겠지. 그런데 어쩌면 부모님도 자식과 똑같은 모습으로 살거나, 아니면 옛날에 돌아가셨거나 해서 랄프 형과 피터가 고아처럼 자랐을지도 모른다. 어쨌거나 무슨 일이 있었을 것 같다. 그런 부모님을 상상하는 것은 피젤 형제가 우리 같은 보통 청소년이라고 상상하는 것만큼이나 어려웠다.

어디까지 썼더라? 아, 그래, 저녁 먹을 때였다. 칼리를 아직 말하지 않았네. 칼리 부모님은 멀리 출장을 갔다고 했다. 그래서 지금은 이모 집에 있는데, 이모는 타넨바움 할아버지 집에 다니는 게 괜찮다고 했다.

저녁을 먹을 때 내가 피젤에게 말했다.

"피터야, 케첩 좀 줄래? 랄프 형이 케첩 다 쓴 거 같은데."

인생 최악의 실수였다. 그 어느 누구도 이 둘만큼 날 무섭게

노려본 사람은 없었다. 페이스북 친구 신청을 왜 받아 주지 않냐고 물었을 때, 날 노려보던 콘스탄체도 이보단 못했다.

어른들을 빼고 우리는 후식을 들고 거실로 들어갔다.

라테 형이 웃으며 말했다.

"네 이름은 왜 에드바르트지? 난 말이야, 에드바르트란 이름이 정말 재수 없거든. 이름이 뱀파이어였다면 훨씬 끝내줄 거 같은데. 근데 왜 에드바르트지?"

노피와 쿠겔이라 불리는 두 친구들도 킬킬대며 웃었다. (노피, 쿠겔은 구슬이란 뜻이다.-옮긴이)

칼리가 큰 소리로 말했다.

"에드바르트는 유명한 예술가 이름이야. 이를테면 화가인 에드바르트 뭉크, 작곡가인 에드바르트 그리그 같은 분. 오빠들한텐 아무런 의미도 없겠지만."

칼리는 눈썹을 추켜올려 라테 형을 빤히 쳐다보고는 다시 먹기 시작했다. 난 좀 겁이 났었는데, 지난번 헹크 때처럼 복수를 당하지 않을까 봐였다.

라테 형은 "별로 안 끝내주는 사람들인데."라고 말했지만 거의 기어들어 가는 소리였다. 난 칼리가 그 소리를 듣지 않기를 바랐다. 하지만 칼리는 들었다.

"애 원래 이름은 에드바르트 그레고리 발터 드 비니야. 그레고리 발터가 누구 이름을 딴 건지도 말해 줘."

쿠겔 형과 노피 형은 뭔가 착각을 해서 '백만장자 되기 퀴즈 쇼'에 나온 사람처럼 굴기 시작했다.

"화가야?"

"아냐, 정치가일 거야."

"스포츠? 음악? 정치?"

"힌트 좀 줘."

칼리가 말했다.

"음악하고 관련이 있어."

노피 형이 소리를 질렀다.

"로큰롤, 로커빌리(로커빌리는 미국의 컨트리음악과 로큰롤이 결합된 대중음악의 한 종류다.-옮긴이), 블루스, 재즈…… 맞으면 맞다고 해 줘."

칼리가 "더 더 더 얘기해 봐." 하고 말했다.

노피 형과 쿠겔 형이 뒤죽박죽 "헤비메탈, 글램록, 알앤비, 팝, 뮤지컬, 오페라!"라고 말했다. 라테 형과 피젤은 머리를 쥐어뜯고 있었다.

칼리가 조금씩 힌트를 더 줬지만 도무지 맞추지를 못했다. 갑자기 누군가 "배드 릴리전 가수다!" 하고 말했다. 그러고는 다들 왜 이런 수수께끼를 풀어야 하는지 잊어버렸다.

앞으로는 이 지저분한 펑크족들은 날 보면 배드 릴리전 노래를 부를 거다. 화음까지 넣어서.

이 펑크족들도 여기서 자기로 했다. 하지만 다행히도 이 사람들하고 같은 방에서는 자지 않아도 된다. 집은 꽤 커서 아르투어와 내가 같은 방에서 자고, 칼리는 혼자, 피젤과 라테 형과 친구들은 거실에서 자기로 했다.

9월 21일 수요일 오전 10시

콘스탄체에게 메시지를 보냈다.

"사랑하는 콘스탄체에게. 소식 많이 들려줘서 고마워. 바로 답을 못해 줘서 미안해. 힘겨운 나날이었고 할 일도 많았어. 물론 종종 네 생각 많이 했어. (난 이 문장을 쓰려다 좀 망설였지만, 밀고 나가기로 했다. 어느 정도는 사실이니까.) 제이슨과 가장 가까운 사이인 우리 가족은 제이슨을 떠나보내고 오랫동안 슬픔에 빠져 있었어. 네 페이스북 덕분에 제이슨을 알게 된 많은 사람들에게 깊은 감동을 받았어. 하지만 우린 의사들에게 복수하지 않기로 한 걸 알아줬으면 좋겠어. 그 의사들도 최선을 다했을 거야. 우린 그 사람들을 용서했어. 너의 우정에 고맙단 말을 하고 싶어. 제임스가."

콘스탄체는 2분 뒤에 복사해서 자기 페이스북에 올렸다. '사적인 소식'으로는 좀 지나쳤다. 하지만 제이슨 가족의 마음이 풀린 걸 모두 알게 되면 이런 연극을 멈출 수 있을지도 모르지.

그런데 왜 콘스탄체는 수업 시간에 페이스북 메시지를 읽었을까? 내가 문자를 보내면 바로 읽지도 않는데.

9월 21일 수요일 오전 11시 2분

라테 형, 노피 형, 쿠겔 형이 타넨바움 할아버지와 부엌에 앉아서 다항식에 대해 이야기하고 있었다. 마치 할 일 없는 사람들처럼 말이다. 그런데 그들이 다항식을?

9월 21일 수요일 오전 11시 38분

경찰이 왔다. 할아버지와 이야기를 했다. 할아버지는 경찰들을 집 안으로 들이지 않고 정원에서 이야기했다.

9월 21일 수요일 오전 11시 40분

할아버지는 짭새들 코앞에서 문을 쾅 닫았다. 라테 형, 노피

형, 쿠겔 형은 발코니에서 손뼉을 쳤다. 짭새들은 완전히 엿 먹은 거 같았다. ㅋㅋㅋ

제이슨 페이스북 팬이 20만 명이 넘었다.

9월 21일 수요일 오후 10시 42분

오 마이 갓! 다시는 다시는 집 바깥으로 나갈 수 없을 거다. 아니 방을 나갈 수도 없을 거 같다. 욕실에 들어가 문을 잠그고 굶어 죽을 때까지 기다릴 거다. 완전 끔찍한 일이 일어났다! 말을 꺼내기도 힘들 지경이다.

먼저 내 블로그 패스워드를 전부 새로 바꿔 해킹되지 않게 했다. 그래도 안심할 수 없었다.

어쩌면 손으로 글을 쓰는 게 나쁜 생각은 아닌 것 같다. 하지만 패스워드를 아주 복잡하게 만들어 보안이 철저한 블로그보다는 남들이 찾아 읽기에는 더 쉽다.

해킹 사이트에 메일을 보내 내 블로그를 해킹할 수 있는지 물어볼까? 그럼 적어도 지금 내 블로그가 안전한지 알 수 있을 것이다. 그런데 그 사람들이 해킹하고 나면 다 읽을 텐데……. 진짜 그럴지도 몰라.

오케이. 내 블로그는 아직 해킹당하지 않았어. 그렇게 빨리 해킹당할 수는 없으니까 그렇게 믿어야지. 그래. 쓰는 것을 계속 해야지.

오늘 저녁에 엄마와 아빠가 저녁을 먹으러 오면서 뮐러뵈네 담임선생님을 데려왔다. 깜짝 놀랐다. 거의 죽을 지경이었다. 다른 친구들은 모두 날마다 학교에 가는데 엄마는 선생님에게 내가 아파서 못 나간다고 했다. 그런데 뮐러뵈네 선생님이 왔다. 그리고 내가 아프지 않은 걸 봤다. 이래도 되나?

엄마는 뮐러뵈네 선생님에게 모든 걸 다 이야기해서 문제없다고 했다. 그리고 뮐러뵈네 선생님은 내 '사회 참여' 활동에 깊은 감동을 받았다고 했다.

타넨바움 할아버지가 말했다.

"애는 과외도 받고 있어요. 내가 모든 과목을 가르치고 있죠."

그러고는 아주 작은 목소리로 덧붙였다.

"아니, 전부는 아니고 거의 다. 특히 자연과학을요."

뮐러뵈네 선생님은 눈을 크게 뜨고 말했다.

"애가 공부를 하고 있다고요? 애는 자연과학 과목은 젬병인데……."

타넨바움 할아버지는 부드럽게 웃어 보였다.

"물리학은 내 특기입니다. 그리고 다른 모든 과목에서도 잘 따라오고 있어요. 믿으셔도 좋아요."

엄마가 뮐러뵈네 선생님에게 "이분이 바로 그 타넨바움 선생님이에요."라고 말했다.

뮐러뵈네 선생님은 "그 타넨바움 선생님이라니, 어떤 타넨바움 선생님이요?"라고 되물었다.

엄마는 타넨바움 할아버지가 쓴 책 중에서 한 권을 들어 (마침 옆 보조 책장에 있었다.) 선생님 코앞에 들이댔다.

"여기 '저자' 가 누군지 읽어 보세요."

"아!"

뮐러뵈네 선생님은 안절부절못하고 웅얼거리며 말했다.

"아…… 타넨바움 교수님, 만나 뵙게 되어 영광입니다."

선생님은 새빨개져서 마치 5학년 어린아이처럼 더듬거리며 말했다. 안젤름과는 좀 달랐다. 안젤름은 그저 검붉은 반점만 생겼는데 뮐러뵈네 선생님은 목 언저리까지 완전히 새빨개졌다. 대신에 안젤름처럼 검붉지는 않았다.

타넨바움 할아버지는 눈짓을 하며 "중요한 것은 에드바르트가 아주 재미있어한다는 점이죠." 하고 말했다.

뮐러뵈네 선생님은 날 보고 웃으며 말했다.

"에드바르트야, 진짜 그렇다면 정말 안심해도 되겠구나. 그런데 어디 보자. 어머님이…… 거짓말을 한 셈이긴 하구나. 어머님, 이제 앞으로 어떻게 할까요? 언젠간 에드바르트가 학교에 다시 나와야 할 거 같은데요. 안 그런가요?"

선생님은 엄마와 할아버지를 번갈아 쳐다봤다.

타넨바움 할아버지가 말했다.

"곧 결정을 내려야죠. 오늘 난 집주인에게 전화를 했어요. 그 여자는 나보고 이번 달 말까지 자발적으로 나가라고 하더군요. 아니면 끌어내겠다는군요. 그래서 '좋소, 그럼 날 끌어내쇼.'라고 했지요. 그러자 '뭐 다른 방법이 있긴 해요. 다 쓰러져 가는 이 집을 사세요.'라고 하더군요."

엄마와 뮐러뵈네 선생님 얼굴에서 빛이 났다. 심지어는 오늘 하루 종일 무관심하다 저녁 식사 때 퍼먹기만 했던 (오늘은 파르메산 치즈를 잔뜩 뿌린 볼로네제 스파게티였다.) 아빠도 긴장한 빛을 띠며 쳐다봤다.

모든 사람들이 한목소리로 "그리고요?" 하고 물었다.

타넨바움 할아버지는 "그리고 뭐요?" 하고 되물었다.

아빠가 "음, 그럼 이 집을 살 계획이신가요?" 하고 묻다가 셔츠에 소스를 떨어뜨렸다.

엄마가 눈을 부라리며 "그래서 내가 말했잖아요. 일하고 돌아오면 꼭 옷을 갈아입으라고요!" 하자, 아빠 얼굴이 빨개졌다.

난 어른이 되면 얼굴이 빨개지지 말아야겠다고 생각했다.

"살 생각은 없어요. 30만 유로나 달라고 하지 않겠어요." 하고 할아버지가 대답했다.

엄마, 아빠와 뮐러뵈네 선생님은 한목소리로 "30만 유로요?"하고 외쳤다. 아빠는 이번에는 테이블보에 적포도주를 엎질렀다.

타넨바움 할아버지가 낮은 목소리로 말했다.

"이번 달 말이라는 것도 확실한 건 아니에요. 조만간 여길 나가야 할 거예요."

내가 "그럼 우린, 우리가 여기서 살아도 된다는 권리를 알려 줘야겠네요? 우리가 결심한 대로요."라고 말했는데, 어째서 내가 그런 말을 했는지 알 수 없었다. 정말 내가 한 말일까?

엄마가 활짝 웃었다.

"오오 내 아들!"

아빠는 그다지 좋아하는 얼굴이 아니었지만 아무 말도 하지 않았다. 아마도 엄마가 아빠 어깨에 손을 얹고서 꽉 눌렀기 때문일 것이다.

뮐러뵈네 선생님은 아랫입술을 쥐어뜯었다. 곰곰이 생각할 때 하는 버릇이다.

"그럼 월말에는 무슨 일이 일어나죠?"

할아버지는 어깨를 으쓱하더니 "아마 자발적으로 나가지 않으면 경찰이 쓸어 버릴 거예요."

선생님이 "텔레비전에서처럼요?" 하고 외쳤다.

엄마와 아빠는 "옛날 그때처럼?" 하고 외쳤다.

아빠는 방금 셔츠에 묻은 얼룩을 닦아 냈다.

내가 물었다.

"만약에 사람들이 집에 잔뜩 들어와 있으면 어떻게 되죠?"

모두 날 쳐다봤다. 이제는 내 얼굴이 빨개졌다.

"아니 난 그저 집이 사람들로 꽉 차 있으면 어떻게 될지 궁금해서요. 지금은 할아버지만 이 집에 살고 있으니까요. 하지만 우리같이 튼튼한 애들이 들어와 있으면요?"

타넨바움 할아버지가 말했다.

"안 돼. 너희들은 그 전에 나가야 한다. 너희들이 할 수 있는 최선은 짐 쌀 때 도와주는 것이다. 난 지금 포기할 거다."

내가 말했다.

"안 돼요. 뮐러뵈네 선생님, 우리 반 애들 모두가 유명한 타넨바움 교수님 댁으로 소풍을 오는 건 어때요? 쫓겨나는 그날에 말이에요."

그러고는 이런 생각을 했다. 내 친구들은 눈을 반짝이며 덩실덩실 춤추며 길을 나서다 날 보고 부러워하고, 어른들은 샐쭉해지는 광경을 말이다.

엄마가 텔레비전에 나오는 아주 이해심 많은 엄마처럼 "그건 안 된단다, 에드바르트야. 그건 정말 위험한 일이야. 우리 부모들은 너희들이 어떠한 경우라도 위험한 일을 하지 못하게 할 의무가 있어."라고 말했다. 엄마 얼굴이 도로 어두워졌다.

난 입이 쩍 벌어져서 턱이 테이블보까지 떨어질 지경이 됐다.

"하지만 지금 내가 이렇게 있잖아요!"

엄마는 "하지만 지금 경찰 특공대가 문 앞에 있는 것이 아니잖니." 하고 말하며 한숨을 쉬었다. 엄마는 아주 슬퍼 보였다.

이 순간 난 영화음악을 들었다. 오케스트라 음악으로. 딱 한 가지 빠진 게 있다면 엄마가 닭똥 같은 눈물을 흘리며 날 끌어안는 것이었다.

내가 조심스럽게 "진심은 아니죠?"라고 물었다.

하지만 엄마가 무슨 말을 할지 이미 알고 있었다. 그리고 엄마는 진심이었다.

난 큰 소리로 대들었고 다른 친구들도 소리를 질렀다. 짭새들이 날 끌어내려고 하기라도 하는 듯 소리를 질러 댔다. 왜냐하면 난 여기를 떠나지 않을 것이기 때문이다. 난 스팀을 꼭 붙잡고 있었다. 그러자 모두들 소리를 질러 대기 시작했다. 마침내 타넨바움 할아버지가 책상을 주먹으로 쿵 내리치더니 "조용히들 하시오! 이건 내 일이오. 경찰에 같이 끌려갈 사람과 아닌 사람을 내 스스로 결정하겠소." 하고 말했다.

모두들 조용해졌다. 난 좀 부끄러워졌다.

밥을 다 먹고 나자 할아버지 집에서 자지 않을 사람들은 재빨리 집으로 돌아갔다. 안젤름은 부모님에게 오늘 밤 할아버지 집에서 자도 좋다는 허락을 받았지만 진짜로 그래도 되는지 몰라서 망설이고 있었다.

타넨바움 할아버지는 마음이 다시 풀어져서 안젤름에게 괜찮으니까 푸들을 끌고 한 바퀴 돌고 오라고 했다. 푸들은 저녁에 한 번은 밖으로 나가야 했다. 아르투어가 따라나섰는데, 이제막 담배를 피기 시작해서였다. 이건 나와 안젤름만이 알고 있는 사실이다. 할아버지나 칼리도 알면 안 된다.

라테 형과 친구들은 맥주 한 박스를 정원으로 들고 왔다.

타넨바움 할아버지는 빌써 짐을 싸기 시작했다. 하지만 우리가 도와주지 않길 바랐다.

칼리와 나만 남았다.

"음, 그럼 네가 교수 할아버지한테 뭘 배웠는지 말해 봐."

내가 "어떤 거?" 하고 물었다. 칼리와 함께 있는 게 영 어색했다. 칼리는 내 신경을 박박 긁는다. 언제나 나보다 더 많이 알고 있는 것 같다. 나보다 모르는 게 있을 땐, 언제나 더 침착해 보인다.

칼리가 말했다.

"이를테면 별?"

"밖으로 나가서 하늘을 봐. 그럼 내가 없어도 별을 볼 수 있을 거야."

"그럼 할아버지한테 아무것도 안 배웠어?"

칼리는 날 발코니로 끌고 나갔다.

"별자리를 알아보는 건 천체물리학하고는 상관이 없어." 하고는 말을 더 이으려고 노력했다.

"별자리나 점성술은 천체물리학하고는 다른 거야."

"아무렴 어때. 저건 뭐야?"

칼리가 가리키는 게 뭔지 몰랐다. 그래서 그냥 은하수를 설명하기 시작했고 큰곰자리와 작은곰자리, 페르세우스자리를 알려 줬다.

칼리는 "그리스신화 같은데." 하고 말했다.

"아, 맞아. 별자리 이름은 고대 신화에서 따온 게 많아. 페르세우스는 제우스와 다나에의 아들로, 아름다운 안드로메다 공주를 구출했지. 안드로메다 공주는 카시오페이아 여왕의 딸이야. 좀 더 왼쪽 옆으로 가 보면…… 보여? 그게 카시오페이아자리야. 그리고 음 안드로메다는 어딘가에…… 음……."

내가 말하는 동안에 칼리는 조금씩 가까이 다가왔다. 그럴 때마다 나는 조금씩 뒤로 물러섰다. 내가 칼리를 막아서고 있다는 느낌을 받아서였다. 하지만 발코니 끝까지 밀리자 더 이상 피해 줄 곳이 없었다.

내가 말했다.

"음, 너무 가까운 거 같은데."

칼리가 조금 물러서며 "전혀 몰랐네. 근데 저건 뭐야?" 하고 말했다.

"어디를 가리키는지 잘 모르겠어."

난 완전히 움쭉달싹하지 못하게 됐고 기분이 좀 나빠졌다.

칼리가 "좀 추워." 하고 말했다. 그런데 그게 이전과는 달리 여자애 같았다.

칼리는 "적색거성이 뭔지 설명해 줘. 어느 별인지 가리켜 줘." 하고 말하며 내 어깨에 머리를 기댔다. 난 깜짝 놀라서 하마터면 칼리의 목을 부러뜨릴 뻔했다.

칼리가 "아얏!" 하고 소리를 질렀다.

내가 "미안해." 하며 사과했다.

"뭐 잘못됐어?"

난 "아, 아냐." 하고 말했지만 진짜 깜짝 놀랐다.

"음, 그러니까, 적색거성은 사람 눈에는 보이지 않아. 그걸 보려면…… 음, 그리고……."

난 적색거성이 뭔지 아주 잘 알고 있었는데 완전히 다 까먹어 버렸다.

칼리가 말했다.

"넌 도움이 필요하다고 생각해."

"뭐? 아냐, 아냐, 적색거성이 뭔지 아주 잘 알고 있어. 단지 지금 기억이 안 날 뿐이지. 음, 다시 생각이 나기 시작한다."

"그거 말고."

"아, 그래! 타넨바움 할아버지 말이지? 그래, 너한테 30만 유로 있으면 가져와."

"콘스탄체 말이야."

난 눈을 크게 떴다. 칼리도 눈을 크게 떴다. 하지만 서로 다른 의미인 것 같았다. 왜 갑자기 칼리 키가 나만 하다는 생각이 떠오른 거지? 여자애치곤 정말 큰 키다.

"콘스탄체가 뭐 어쨌다고?"

"언젠가 한 번 이 얘기 한 적 있잖아. 타넨바움 할아버지가 널 가르칠 때 난 콘스탄체를 가르쳐 주겠다고."

난 아직도 이해를 하지 못했다.

"어떻게 날 가르쳐 줄 건데? 내가 콘스탄체와 영화 보러 갈 수 있게 해 줄 수 있어?"

칼리는 머리를 흔들었다.

"그거야 스스로 깨우쳐야지."

뭐야······. 콘스탄체와 영화 볼 수 있게 해 줄 수 있는 것도 아니면 도대체 뭐를 가르쳐 주겠다는 거지?

나는 할아버지에 관한 이야기를 계속했다.

"할아버지는 며칠 지나면 분명히 이렇게 말씀하실 거야. '너희 놀던 장난감 챙겨서 나가라. 경찰들이 들이닥칠 때 너희들이 있으면 안 돼.'"

"그래서? 그럼 나갈 거야?"

응, 그래. 당연히 나갈 거라고 말할 거다. 그 다음에 이런 생각이 들었다.

'왜 그래야 하지? 어차피 여긴 할아버지 집도 아니잖아. 우리 모두는 지금 집을 점거하고 있잖아. 할아버지도 그렇고. 대단한 생각이야. 여기 남겠어.'

내가 말했다.

"아니, 여기 남을 거야."

칼리가 "그래, 바로 그거야." 하고 말하더니 내 가슴으로 뛰어들었다. 난 깜짝 놀라 뒤로 물러섰지만, 내 뒤엔 발코니 난간밖에 없었다.

난 헐떡이며 "정말 깜짝 놀랐잖아." 하고 말하고 칼리를 밀어내려고 했다. 하지만 칼리는 더 강하게 나를 끌어안았다.

칼리가 말했다.

"참 안된 일이야. 나한테 30만 유로가 있다면 할아버지한테 드릴 텐데. 시간이 좀 더 있다면 모금 운동 같은 걸 할 수 있을지도 몰라."

나는 계속해서 칼리를 밀어내려고 했다. 그리고 마침내 칼리에게서 풀려났다. 하지만 칼리가 "불쌍한 타넨바움 할아버지……." 하며 고개를 돌릴 때, 막 울려고 하는 모습을 봤다.

'으악! 여자애가 막 울기 시작할 때는 뭘 해야 하지? 게다가 사실 칼리는 여자라고 할 수도 없는 앤데. 아니, 여자애는 맞긴 하지만 다른 여자애들하고는 많이 다르지.'

난 칼리 어깨를 토닥이며 "음, 괜찮아?" 하고 물었다.

칼리는 고개를 끄덕였지만 내 쪽으로 고개를 돌리진 않았다.

"별자리 더 알려 줘."

그래, 그건 내가 아주 잘 알고 있는 거지. 몇몇 별자리를 알려 주고 있는데 마침 별똥별이 하나 떨어졌다. 그래서 난 저런 별똥별은 보통 8월에 가장 많이 볼 수 있다고 잘난 척을 했다.

그리고 내가 "그런데 아마도 저건 우주선일 거야. 빨리빨리 날아다녀야 하거든." 하고 농담을 했더니, 칼리도 하하하 웃었다.

칼리가 말했다.

"말해 봐. 콘스탄체 어디가 좋은지."

대답을 하려고 입을 벌렸지만 무슨 말을 해야 할지 전혀 생각이 나질 않았다. 그건 당연한 거 아닌가? 콘스탄체는…… 콘스탄체인데.

"음, 완전 예쁘잖아. 사랑스럽고, 똑똑하고, 성적도 좋고……."

칼리가 말했다.

"흠, 그럼 넌 사랑스럽고 예쁘고 뭐 그런 여자애와 사귀려는 거야?"

그러려고 하냐고? 당연하지. 문제는 그게 가능하냐는 거지.

내가 말했다.

"그거야 당연하지."

칼리가 말했다.

"글쎄, 난 헹크 같은 애랑은 사귀고 싶진 않아."

내가 말했다.

"당연하지. 헹크는 멍청하잖아."

"걘 콘스탄체처럼 학교 성적이 좋지 않을 수도 있어. 하지만 콘스탄체가 여자로서의 매력이 있다면 헹크도 남자로서의 매력이 있는 거겠지."

난 기분이 나빠져서 "우-우-웅." 하고 투덜거렸다.

"너 키스할 줄은 알아? 헹크는 아마도 키스를 잘할 거 같지는 않아. 걔가 주제넘게 구는 만큼 키스도 역겨울 거 같아."

"음, 그러니까, 그게, 음, 누가 더……."

난 얼굴이 빨개졌다. 하지만 이미 어두워져서 아무도 알아볼 수가 없었다.

"키스를 잘할 수 있는지가 중요해? 콘스탄체가, 음, 그러니까, 키스를 잘 못한다고 해도 별로 나쁘진 않을 거 같아. 키스야 시간이 지나면 잘할 수 있겠지 뭐."

칼리가 한숨을 쉬었다.

"넌 여자애들에 대해선 정말 아무것도 모르는구나. 잘난 남자애들 많지. 하지만 키스를 못하면 완전 무시당한다고. 날 믿어."

"아, 음…… 그러니까…… 넌 아주 많이, 남자애들하고 키스해 봤어?"

칼리가 말했다.

"쳇, 네가 여자애들하고 해 본 것보단 많이 했지. 넌 연습이 필요해."

"뭐? 연습?"

"그래, 연습. 키스 연습."

난 머리를 마구마구 흔들며 말했다.

"누구하고? 아르투어하고? 안 돼. 난 다른 사람하고 키스할 수 없어. 한다면 콘스탄체하고 해야 해."

"연습도 하지 않고? 에드바르트야, 내 얘기를 한번 들어 볼래? 전학 오기 전 다녔던 학교에 정말 끝내주는 오빠가 있었어. 나보다 한 학년 높았는데 모든 여자애들이 그 오빠한테 완전 뻑

갔어. 물론 난 아니었지. 어쩌다가 그 오빠 마를레네라는 여자애를 좋아하게 됐어. 마를레네는 콘스탄체를 많이 닮았지. 그둘은 몇 번 만나다가 갑자기 끝났지. 2주를 넘기지 못했지. 그래서 내가 마를레네한테 물었어. 왜 끝냈냐고. 그랬더니 걔가 나보고 '그 찐따 새끼가 나한테 키스를 했는데 꼭 젖은 스펀지같았어. 내 혀를 빨대처럼 쭉쭉 빨아 당기려고 했지. 내가 그 찐따한테 그 얘길 했더니, 딴 걸 시도하려 하더라. 진짜야!' 그래서 그 위대한 사랑은 끝났지."

난 침을 꿀꺽 삼키며 "그게 그렇게 어려워?" 하고 물었다.

"사람들이 얼마나 틀린 방법으로 하는지, 넌 모를 거야."

"음, 그럼 어떻게 해야 돼?"

그러자 칼리가 "자, 봐. 내가 가르쳐 줄게." 하고 말했다. 그러더니 나에게 다가와서 내 머리를 두 손으로 잡더니…… 키스를 했다! 입술 위로 아주 가볍게. 내 가슴은 쿵쾅쿵쾅 뛰었다. 숨을 쉴 수가 없었다.

다시 숨을 천천히 쉴 수 있게 되자, 칼리는 "이건 그렇게 어려운 일이 아닌걸." 하고 말했다.

그러고는 "이게 시작이지."라고 말하며 내 이 사이로 혀를 쏙 집어넣었다.

"이이이이이이이익!"

난 소리를 지르며 칼리를 떼밀었다.

칼리는 신경질적으로 "왜 그래! 이런 식으로 콘스탄체한테 키스를 하면 대성공이라고." 하고 말했다.

할 말이 없었다. 칼리가 옳으니까. 음, 난 칼리와 키스 연습을 했다. 칼리는 아무것도 아니라고 말했지만, 분명히 거짓말을 했을 것이다. 그게 아니면 칼리는 내가 칼리 때문에 그게 엄청나게 커졌다는 걸 몰랐을 것이다. 그런데 지금 생각해 보니까 또 그렇게 되고 싶은걸. 그럼 콘스탄체를 배신하는 걸까? 그런 느낌이 들었다. 하지만 우린 서로 사귀는 사이는 아니니까.

난 더 이상 모른 척할 수 없다. 칼리 때문에 그게 커졌다니! 그리고 칼리와 꼭 껴안을 때 느낌이라니! 하지만 칼리는 진짜 여자애라고는 볼 수 없어. 내 말은 그 누구도 칼리를 여자로 예쁘다고 생각할 남자애는 한 명도 없다는 소리다.

아무튼 이 문제 좀 해결해야 할 거 같다. 안젤름과 아르투어가 들어오지 말았으면 좋겠다. 왜 안 줄어들어!!!

9월 21일 수요일 오후 11시 38분

끝마치고 나니까 아르투어와 안젤름이 푸들을 데리고 들어왔다. 내가 휴지로 여기저기 닦고 있으니까 안젤름이 "감기 걸렸어?" 하고 물었다.

아르투어는 완전 엉망진창으로 보였다. 안젤름은 아르투어가 담배를 줄기차게 피워서 아주 오래 걸렸다고 설명했다. 갖고 있는 담배를 몽땅 다 피우려고 했다고 했다. 그러고는 다 토했다는 거다. 아르투어가 공원 벤치에 누워 있다가 다시 일어나 걸을 때까진 엄청 오랜 시간이 걸렸다고 한다.

아르투어는 "돌아가. 난 여기서 죽을래." 하고 하소연했다는 거다.

나에겐 다행이었다. 아르투어는 어쩌면 내가 여기서 무엇을 했는지 바로 알아차렸을지도 모른다.

아르투어는 자기 매트리스에 누워 끙끙대며 "다시는, 다시는 절대로 담배 안 피울 거야." 하고 말하다 이리저리 뒤척이고는 "내 말은 연달아 그렇게 많이 피우진 않겠다는 소리야." 하고 말했다.

내가 말했다.

"그래, 그래."

아르투어가 헉헉대며 "《스타 트렉》 행사에는 누굴 코스프레하고 나가지?" 하고 물었다.

난 "안젤름은 페렝기족이 어울리겠다." 하고 말했다. 《스타 트렉》 속의 페렝기족은 상업과 무역에 능한 외계 종족이다. 중세에 아랍

인들이 게르만인들을 페렝기족이라고 부른 적도 있다.—옮긴이)

안젤름은 "페렝기족은 이제 좀 질렸어." 하고 말했다. 안젤름이 처음 《스타 트렉》 행사에 나갔을 때 《스타 트렉》에 대해선 아는 게 하나도 없었다. 그래서 우린 페렝기족이 가장 끝내주는 종족이라고 설명했다. 얼마 뒤에 안젤름은 페렝기족이 전혀 멋지지 않은 종족이란 걸 깨달았다. 하하하하하.

난 "난 먼젓번에 했던 것으로 할래."라고 했다.

아르투어도 "나도." 하고는 잠이 들었다.

사인 받을 사진을 준비하려면 어느 배우가 오는지 알아 둬야 한다고 말했지만, 아르투어는 더 이상 이야기하지 못했다.

9월 22일 목요일 오전 1시 21분

제이슨의 추모 페이지는 '좋아요'가 25만을 넘어섰다.

미국 뉴욕에 사는 엄청 유명한 블로거 한 명이 진실을 밝히고 싶다고 했다.

어느 독일 신문기자는 내일 실릴 기사를 한 편 쓰고는 온라인에 먼저 올리고 링크를 공개하기도 했다. 그 기사 내용은 이렇다.

"제이슨 가족의 가까운 친구는, 병원에서 제이슨 가족이 이 사건에 대해 입을 다무는 조건으로 막대한 액수의 위로금을 지급할 것이라고 알려 왔다. 제이슨 가족은 의료사고를 일으킨 의사들을 고소할 예정이기 때문에 아직 위로금은 지급되지 않고 있다."

가족의 가까운 친구라고? 엥? 그게 누군데?

어느 블로거는, 그 병원의 간호사가 자기 친구인데 제이슨의 눈물겨운 마지막 순간을 함께했다고 글을 썼다. 그 간호사 이름은 밝히길 바라지 않았지만, 제이슨이 죽은 까닭은 끔찍한 오진 때문이었다는 건 확실하다고 했다. 그리고 그 병원은 정말 어쩔 수 없을 정도로 형편없다고 했다.

간호사? 지금 다들 정신이 어떻게 된 거 아니야?

콘스탄체는 제이슨의 이름으로 자선단체를 만들어 의료사고로 죽거나 고통받는 어린이들을 도와주기로 마음먹었다고 썼다. 페이스북에 이 생각을 밝히자 댓글이 3천 개가 달렸다. 그리고 모두들 이 생각을 완전히 찬성하고 있는 것 같았다.

9월 22일 목요일 오후 7시 33분

타넨바움 할아버지에게 허락을 받아서 이번 주말에 마을 사람들과 우리 반 친구들을 초대해서 파티를 열기로 했다. 그리고 선배들도 초대하기로 했다. (이건 아직도 친구 둘과 주변에서 어슬렁거리는 라테 형의 생각이었다.)

다들 학교에 다시 간 덕분에 난 타넨바움 할아버지와 조용히 화학, 수학, 생물, 물리를 공부할 수 있었다. 그리고 날마다 시간을 더 내어 천체물리학을 배웠다.

콘스탄체도 파티에 왔으면 좋겠다.

9월 23일 금요일 오후 2시 53분

어젯밤에 엄마와 초대장을 만들고 인쇄했다. 그리고 이웃집들에 전부 돌렸다. 아르투어, 피젤, 라테 형이 나머지 초대장을 들고 학교에 가서 돌렸다.

헹크는 자기 담벼락에다 할아버지가 이사하지 않도록 도와주는 건 완전 재수 없는 일이라고 썼다. 헹크는 이사하는 게 뭐가 그리 나쁜 거냐고 물었다. 걔한테는 이런 일이 하나도 중요하지 않겠지. 콘스탄체는 헹크가 쓴 글에 '좋아요' 버튼을 눌렀다.

왜 내 등에다 칼을 바로 꽂지 않는 거지?

9월 23일 금요일 오후 5시 6분

엄마, 아빠가 서로 말을 주고받았다.

아빠 : 훌륭한 파티에는 음악이 있어야지.

엄마 : 오, 좋은 생각이에요.

아빠 : 그래서 말인데, 작은 오케스트라를 데려올까 봐. 아니면 가수를 부를까? 내가 피아노 반주를 하면 되는데.

엄마 : 그 집에는 피아노가 없지만, 우리 집에는 있네요.

아빠 : 파티를 키울 수 있으면 좋을 텐데. 하지만 사람들이 구름같이 몰려오면 자리가 충분하지 않을 거야.

엄마 : 실내악은 그만둬요. 파티에 전혀 어울리지 않아요.

아빠 : 음, 그럼 정중한 마음을 담아 기부금을 내야겠군. 난 파티 수준을 문화적으로 끌어올리려고 했지. 그럼 사람들이 우리 일에 더 쉽게 동의할 거라고 생각했지.

엄마가 아빠에게 투덜대며 말했다.

"수준? 문화? 그럼 난 내 갤러리에서 그림 몇 장을 가져다 걸어 전시회라도 열까요? 이건 집을 점거하고 농성하는 거라고요. 만약에 음악을 틀어야 한다면 그런 건 내가 잘할 수 있어요. 에드바르트야, 레이지 어게인스트 더 머신 CD 어디 있는지 알지?" (레이지 어게인스트 더 머신(Rage Against the Machine)은 미국의 록 그룹으로 사회 비판 메시지를 담은 노래들을 주로 불렀다.—옮긴이)

나 : 음, 엄마, 그럼 엄마가 DJ를 하려는 거예요?

엄마 : 당연하지.

그러고는 엄마는 성큼성큼 거실을 나갔다. 집 전체에 엄마 발자국 소리가 쿵쾅쿵쾅 울렸다.

(윽, 이건 정말 아닌데.)

아빠가 말했다.

"엄마는 옛 CD를 찾고 있나 보다. 넌 정말 관심도 없을 음악인데. 근데 넌 왜 음악에 관심이 없는 거냐?"

난 어깨를 으쓱했다.

"우리 집엔 하루 종일 음악이 흘러나오잖아요."

아빠는 "하지만 네가 찾아서 듣는 건 아니잖아." 하고 말했다. 내가 큰 잘못이라도 한 듯한 목소리였다.

"아빠, 나는 태어날 때부터 엄마, 아빠가 들려주는 음악을 들으면서 자랐어요. 난 음악 없이 아주 조용히 사는 게 좋아요."

그러고는 타넨바움 할아버지 집으로 도망갔다. 거긴 음악 소리가 하나도 나지 않기 때문이다.

할아버지와 난 파티 물품을 사러 나갔다.

9월 23일 금요일 오후 9시 8분

콘스탄체는 헹크 페이스북 담벼락에다 파티에는 자기 엄마가 가기로 했다고 적었다. 음악 총감독이 (그러니까 우리 아빠 말이다.) 이 파티에 관여하고 있어서 자기가 주연을 맡으려면 가서 아양 좀 떨어야 한다고 했다는 거다. 그래서 콘스탄체는 가지 않는다고 했다.

난 아빠에게 콘스탄체 엄마는 초대하지 말라고 애원했다. 하지만 아빠는 "난 이미 계속해서 그 여자한테 배역을 주지 않았는데, 이번에도 파티에 초대하지 말라는 건 좀 심한 처사인걸. 그리고 이건 내 파티도 아니잖아." 하고 말했다.

내가 말했다.

"그럼 콘스탄체가 안 온단 말이에요."

아빠는 콘스탄체가 누구인지 몰랐다. 하지만 걔가 누구인지 아빠에게 얘기할 마음은 들지 않았다.

헹크는 "네가 안 간다면, 나도 가지 않을래."라고 댓글을 달았다. 뭔가 이상하게 꼬여 가는 것 같다.

칼리에게 이 얘기를 해야겠다. 하지만 수요일 뒤로 칼리와는 말을 나누지 않았고 단 둘이 있는 걸 계속 피했다.

9월 23일 금요일 오후 10시 58분

제임스 이름으로 콘스탄체 페이스북에다 이번 주말엔 뭐를 할 거냐고 물었다.

콘스탄체는 아주아주 특별한 사람하고 파티에 가기로 했다고 대답했다. 정말 정말 기쁘다고도 썼다. 하지만 비밀이란다.

그래, 콘스탄체는 파티에 올 거야!

9월 23일 금요일 오후 11시 44분

흥분돼서 잠을 잘 수가 없다. 콘스탄체가 내일 파티에 온다!

라테 형은 트위터와 페이스북에다 아무나 파티에 와도 좋다고 썼다.

아마 꽉 차겠지.

제이슨 추모 페이지는 이제 '좋아요'가 30만을 넘어섰다.

모두 자선단체 설립은 아주 좋은 아이디어라고 말하며 가족들에게 어서 빨리 승낙하라고 요구했다. 난 뭐라고 대답해야 할지 도무지 모르겠다.

콘스탄체가 내일 오는 것만 생각해야지. 분명히 헹크에게는 말할 마음이 없을 것이다. 아니면 자기가 가니까 헹크가 따라오지 않기를 바랄지도 모른다.

칼리와 미리 연습해 둔 건 정말 잘한 일이다. 콘스탄체를 배신했다는 느낌은 계속 들긴 하지만 말이다.

콘스탄체에게 무슨 말을 해야 할지 잘 모르겠다. 별자리 이야기를 좀 할까? 그런 이야기는 여자애들에게 잘 먹히니까.

타넨바움 할아버지도 흥분한 상태다. 누가 방송국에 제보를 하는 바람에 취재를 하러 온다는 것이다.

9월 24일 토요일 오후 3시 20분

파티 시작이다! 콘스탄체는 아직 오지 않았다. 지금은 아르투어 부모님과 형제들, 안젤름 부모님, 엄마, 아빠, 피젤 부모님만 있다.

그런데 피젤 부모님은 라테와 피젤이라고 부르지 않고 랄프와 피터라고 불렀다. 두 분 모두 정상이었다. 어느 정도로 정상이냐면, 방금 얼굴을 보고도 돌아서면 곧 잊어버릴 정도로 평범했다. 두 분 모두 무심한 듯한 얼굴로 아무 말도 하지 않고 가만히 서 있었다. 잠깐 한눈을 팔다가 다시 두 분을 봤는데 계속해서 꼼짝도 하지 않고 서 있는 것처럼 보일 정도로 가만히 있었다. 두 분은 마치 《스타 트렉》의 동면 상태에 빠졌다 새로운 행성에 도착해 깨어난 사람들처럼 보였다. 행성에 도착해서 거리를 조심스레 걸어 다니기도 하고 서 있기도 하다가 입을 살짝 벌려 대화를 나누는 사람들 같았다. 이런 분들이 라테 형과 피젤의 부모님이라니.

타넨바움 할아버지가 포도주 칵테일을 만들었다. 좀 이따 맛을 봐야겠다.

9월 24일 토요일 오후 4시 4분

콘스탄체는 아직 오지 않았다. 하지만 같은 반 친구들도 아직 많이 오지 않았다. 그리고 옆집 어른들도 아직 다 오진 않았고. 선생님들도 그렇고. 이제 곧 다 차겠지.

포도주 칵테일은 끝내주는 맛이다.

9월 24일 토요일 오후 5시 12분

방송국에서 사람들이 왔다. 카메라를 든 사람 한 명과 다른 사람 한 명. 내가 포도주 칵테일을 줬는데 둘 다 사양했다. 그 사람들은 타넨바움 할아버지와 이야기를 나누고 플래카드와 몇몇 사람들을 촬영했다. 그리고 나와 엄마도 촬영했다.

아직 콘스탄체는 오지 않았다. 별로 재미업써다.

포도주 칵텔도 다 떨어졌다. 할아버지가 새 칵텔을 부엌에서 만들었다. 가서 가저와야지.

9월 24일 토요일 오후 5시 42분

콘스타아아아아아아아아아아아아아아아안체 아직 안 와써!

9월 24일 토요일 오후 5시 53분

토할 거 같다.

9월 24일 토요일 오후 6시 15분

주글 꼬 가타~~~~~~~~~~~~~~~~~~~~~~~!

9월 24일 토요일 오후 6시 26분

119!

9월 25일 일요일 오후 8시 52분

위세척은 정말 구역질이 난다. 목이 아파서 말을 할 수가 없
다. 두통도 있다. 몸 상태가 너무 좋지 않아서 다시는 먹거나 마

실 수 없을 거 같다.

응급실에 있던 의사는 "술을 이렇게 많이 마시다니. 속이 안 좋은 걸 알았을 땐 이미 너무 늦은 거란다." 하고 말했다.

나는 일반 병실로 옮겼다. 아빠는 밤새도록 침대 옆에 앉아서 내가 토하는 걸 처리해 줬다. 먹은 게 하나도 없었는데도 계속해서 구역질이 나서 다 토했다. 윽, 정말 고역이다. 아빠는 얼굴이 퍼렇게 변했지만 존경스럽게도 양동이를 비워 줬다.

엄마는 파티에 계속 남아서 끝날 때까지 음악을 틀었다. 하지만 30분마다 달려와서는 내 상태를 체크했다.

엄마는 "얘야, 부끄러워할 거 없다. 이제 다 끝난 일이니까. 네가 건강을 되찾으면 조용히 얘기하자꾸나." 하고 말했다.

무엇에 대해 얘기해야 할지 모르겠다. 난 이미 결정했다. 죽을 때까지 앞으로 절대로 술을 마시지 않겠다. 나중에 이런 고생을 할 줄 알면서도 이 쓰레기 같은 걸 마시려는 사람들을 도무지 이해하지 못하겠다.

파티는 정말 끝내줬다고 엄마가 말했다. 2백 명이나 와서 타넨바움 할아버지가 영원히 살 수 있도록 도와주겠다고 해서 할아버지는 정말 기뻐했단다.

방송국에서는 할아버지 이야기를 보도했다. 할아버지의 할아버지가 지은 집에서 할아버지가 태어났고, 어떤 이유로 집을 팔

수밖에 없었지만 새 주인은 할아버지가 얼마든지 오랫동안 살 수 있게 해 주었다는 이야기. 그렇지만 집주인의 딸이 새 주인이 되어 할아버지를 내쫓으려 한다는 사실을 말이다. 방송국에선 이웃 사람들도 인터뷰했는데, 다들 할아버지가 정말 훌륭한 사람이라고 말했다. (엄마는, 저 사람들은 말 한 마디도 나누지 않다가 먹을 것과 마실 것 때문에 파티에 놀러 온 사람들이라고 했다.)

방송국에선 푸들도 보여 주고 플래카드도 보여 줬지만 난 보여 주지 않았다. 엄마도 플래카드 앞에서 인터뷰를 했다. 그러고는 변호사를 보여 줬는데, 변호사는 다 훌륭하고 좋은 일이긴 하지만 법적으로는 할아버지가 집을 나가야 한다고 말했다. 난 아직 일어날 수 없어서 아빠가 뉴스를 복사해서 컴퓨터로 보여 줬다.

콘스탄체는 오지 않았다. 콘스탄체는 페이스북에다가 헹크의 형(벌써 열여덟 살이다.) 친구가 연 파티에 다녀왔다고 썼다. 콘스탄체는 자기 담벼락에다 파티는 엄청 크고 격했다고 썼다. 그리고 헹크에게 자기를 데려가 줘서 고맙다는 말을 천 번이나 더 했다. 제임스에게는 멋지고 성숙한 오빠들과 실컷 놀았는데 이전에는 미처 이런 세계가 있었는지 몰랐다는 메시지를 보냈다. 하하하하. 우린 여기서 아비투어에 합격하기 위해, 타넨바움 할아버지를 도와주기 위해 노력했는데, 콘스탄체는 열여덟 살짜리 형들과 파티에서 놀았다니. -_-;;;;

콘스탄체는 또 제이슨 추모 페이지에다 글을 올렸다. 인터넷에서 제이슨의 비극적인 죽음을 보도한 기사와 블로그 글들을 모았다. 페이스북 추모 페이지는 벌써 35만 명이 넘게 '좋아요' 버튼을 눌렀다.

콘스탄체는 멍청하게도 모든 사람들에게 제임스와 친구를 맺고 메시지를 보내라고 요구했다. 제임스가 아무 활동도 하고 있지 않으니까 말이다. 제임스 페이스북엔 엄청난 친구 요청이 들어왔는데 하나하나 다 받아 줬다간 페이스북 사이트가 먹통이 될 정도였다.

제임스 페이스북을 없애 버릴까도 생각해 봤지만, 그러면 콘스탄체가 쓴 글을 읽을 수가 없다. 헹크가 쓴 글도.

9월 26일 월요일 오전 10시 7분

일주일 동안 집에서 쉬어야 한다는 진단을 받았다. 난 아직도 제대로 말을 할 수가 없다. 어쩌면 병원에서 내 목에다 호스를 꽂아 넣을 때 성대를 다쳤을지도 모른다.

창문 너머로 타넨바움 할아버지의 정원에서 일어나는 일을 봤다. 우리 반 애들이 모두 와서 정원 청소를 하고 있었다! 뮐러 뵈네 선생님과 함께! 아무도 나에게 미리 이야기하지 않았다.

난 잽싸게 옷을 입고 달려 나갔다.

하지만 엄마가 방에 들어오더니 "거기 가지 마라. 넌 아프니까. 그리고 지금은 말도 못 하잖니. 침대에 누워 있어." 하고 말했다.

"하지만 콘스탄체가 왔는걸요."라고 말하려 했다. 하지만 겨우 츠츠츠츠츠 하는 소리만 낼 수 있을 뿐이었다.

엄마는 "침대로 가."라고 하고는 팔짱을 꼈다.

엄마가 다시 아래층으로 내려가자, 난 망원경을 들고 창문으로 가서 콘스탄체를 관찰했다. 콘스탄체는 내내 헹크가 하는 말을 들으며 깔깔대며 웃었다. 그러다 헹크가 갑자기 콘스탄체 어깨에 팔을 두르고는 귀에 대고 뭐라고 속삭였다. 콘스탄체는 헹크를 보고 웃으며 눈을 감았다.

난 더 이상 구역질하지 않기 위해 망원경을 치우려고 했다. 침대에 눕기 전에 아르투어와 안젤름을 봤다. 둘은 아주 쌩쌩해 보였다. 난 이 둘이 파티에서 무엇을 했는지 기억이 전혀 나지 않았다. 그때 갑자기 칼리가 망원경에 나타나서는 나를 보고 윙크했다. 난 다른 사람이 나를 보기 전에 잽싸게 침대로 들어갔다.

9월 26일 월요일 오전 11시 50분

지금 모두 할아버지 서재에 모였다. 할아버지가 연설을 하려는 것처럼 보였다.

9월 26일 월요일 오전 11시 59분

칼리에게서 문자가 왔다.

"바보 같은 망원경 치워 줘. 다 얘기해 줄게. 타넨바움 할아버지는 물리학 특강을 하고 있고 다들 좋아하고 있어. 그리고 콘스탄체와 헹크는 사귀는 중이야."

9월 26일 월요일 오후 2시 1분

음식을 거부하겠다. 단식투쟁을 하기로 마음먹었다.

9월 26일 월요일 오후 6시 59분

콘스탄체는 자선단체를 만드는 건 결코 쉽지 않은 일이라고 썼다. 대신에 제이슨 가족을 위한 일을 하자고 제안했다. 5분 전 일이다. 그러자 4백 명이 응답을 했는데 모두가 제이슨 가족을 위한 기부 계좌를 만들자고 했다. 으으윽, 돈 버리고 싶어 다들 미쳤구나!

난 콘스탄체와 헹크 때문에 눈앞이 캄캄하다. 그리고 너무나 배가 고파서 아무 일도 할 수가 없다.

9월 26일 월요일 오후 11시 2분

냉장고를 싸그리 다 비웠다. 하우다 치즈 나머지, 카망베르 치즈 반, 시라노 햄 100그램, 응유 치즈, 슈니첼 반 토막, 오늘 점심 먹고 남은 것, 내일 아침에 먹으려고 냉장고에 둔 것, 바나나 두 개, 미니 바게트 한 봉지 등등. 그러고 나서 다시 토했다. 완전 지쳐 버렸다. 아마도 더 기다렸다가 음식을 먹었어야 했나 보다. 위세척까지 했는데……. 이젠 목까지 아프다. 위도 아프고. 온몸이 다 아프네.

칼리는 또 문자를 보내왔다.

"아르투어, 안젤름, 피젤, 라테 오빠와 할아버지 집을 지키고 있어. 모두 너한테 안부 전해 달래."

내가 어떤 상태인지 모두들 알고 싶어 했다. 엄마는 아무도 들이지 않는다. 할아버지조차도. 난 죽을 지경이라고 답장했다.

칼리가 다시 문자를 보냈다.

"콘스탄체는 대가리가 비었어. 넌 걔한테 과분해."

내가 걔한테 과분하다고? 뭔가 헷갈리는 거겠지.

콘스탄체는 페이스북 결혼/연애 상태를 '연애 중'으로 바꿨다. 헹크도 바꿨다. 기분 나빠.

9월 27일 화요일 오전 6시 1분

엄청나게 큰 음악 소리가 나서 집 전체를 뒤흔드는 바람에 침대에서 떨어졌다. 무슨 큰일이라도 난 줄 알고 뛰어 내려갔다. 엄마가 전축 버튼 여기저기를 막 눌러 대고 있었다.

엄마는 "젠장, 이 끔찍한 장치를 오랫동안 안 다뤘더니 다 잊었네." 하고 투덜댔다.

내가 음악 소리를 낮췄다. 엄마는 CD를 들을 때 DVD 플레이어나 노트북으로 들었다. 요즘에 전축을 누가 사용한단 말인가!

난 "무슨 일이에요?" 하고 작게 물었다. 아직 목소리가 돌아오지 않았다.

엄마는 어깨를 으쓱하고는 방석에 앉아 버렸다.

"휴, 옛날 음악 좀 들으려 했지."

"그런 음악은 만날 듣잖아요."

말하려고 하니까 목이 아파 왔다.

"내 인생을 반주할 진짜 옛날 음악 말이야. 옛날에 사회운동할 때 듣던 음악 말이야. 이를테면, 스티프 리틀 핑거스(스티프 리틀 핑거스(Stiff Little Fingers)는 1970~80년대에 북아일랜드에서 활동한 펑크록 밴드다.―옮긴이) 같은 밴드의 노래. 요즘 나오는 노래들은 아주 온건한 편이지."

요즘 나오는 노래가 온건한 거라면, 엄마가 말하는 그 시대는 정말 알고 싶지도 않다. 언젠가 내 나이 때쯤의 엄마 사진을 본 적이 있는데, 그에 비하면 피젤은 정말 얌전하게 잘 차려 입은 바른 생활 소년이다.

"근데 왜 여섯 시에 음악을 틀었어요?"

"잠이 오질 않아서."

뭔가 이상하군. 엄마는 언제 어디서나 쉽게 잠이 드는 사람인데. 내가 "뭔 일 있었어요?" 하고 물었다.

"아니, 아니야. 그냥 머릿속에서 옛날 일들이 떠오른 것뿐이야. 우린 더 나은 사회를 위해 싸웠지. 더 올바르고, 더 아름답고, 더 나은 사회가 되길 바랐어. 우린 사회를 바꾸려고 했지. 근데 지금은 뭘 하고 있나 해서 말이야."

엄마는 말을 멈췄다. 이제 내가 뭐라고 한 마디 할 때인데…….

내가 말했다.

"음, 엄마는 다른 부모님들처럼 돈을 벌잖아요. 나랑 아빠를 돌보고 있고. 물론 아빠도 우리를 돌보지만요. 뭐 그런 거 하잖아요."

"난 날마다 빌어먹을 갤러리에 나가서 멍청한 졸부들 상대나 하고 있지. 부엌이나 거실 소파에 잘 어울리는 그림들이나 팔고 있어. 예술도 끝났고 혁명도 끝났지."

난 잠깐 동안 생각을 하다가 눈을 제대로 뜨려고 비볐다. 그러고는 "그럼 엄마는 실업자가 되는 건가요?" 하고 속삭였다.

엄마는 한숨을 쉬었다.

"말도 안 돼. 솔직히 말하자면 단지 매일같이 내가 무엇을 해야 할지 더 이상 모르는 것뿐이란다. 네 아빠와 난, 우리가 옛날에 그렇게 저항했던 바로 그 자리에 다다랐지. 심지어 네 아빠는 바로 그런 사람인 것처럼 보이잖아. 아빠는 자기 직업을 사랑해. 직업 그 자체야. 아빠 아마 자기 일생에서 다른 일은 할수 없을 거야. 하지만 난……."

엄마는 머리를 흔들었다. 머리가 흘러내려 얼굴을 덮어도 엄마는 옆으로 정돈하지 않았다. 전축에는 여전히 어떤 펑크 음악이 흘러나왔다. 하지만 아주 작은 소리였다.

"언제부터인가 난 엉뚱한 길을 걷기 시작한 거야. 에드바르트야, 나랑 약속할 수 있겠니? 앞으로 언제나 네 가슴속에서 우러나오는 일만을 하겠다고? 그리고 지금은 가서 자도록 해. 정말 졸려 보이거든. 어서 가라. 2주 동안 통째로 학교를 쉰다면 네 나이 또래 다른 애들은 정말 좋아하겠지.”

엄마는 살짝 웃어 보였다.

난 고개를 끄덕이고 방으로 돌아갔다.

가끔 난 우리 부모님이 정말 보통 사람들이었으면 좋겠다는
생각을 한다.

9월 27일 화요일 오후 4시 41분

열두 시까지 늦잠을 잤다. 일어나자마자 타넨바움 할아버지
집으로 달려갔다.

할아버지는 내 상태가 어떤지 궁금해했다. 난 아직도 말을 잘
할 수가 없다. 할아버지는 파티가 어땠는지 하나하나 자세히 설
명해 줬다. 물론 난 콘스탄체가 갔던 다른 파티가 어땠는지 더
궁금했다.

할아버지는 방송국 뉴스 보도에 대해 설명해 줬다. 할아버지
는 “그 변호사가 옳아. 난 집을 비워야 해.” 하고 말했다.

할아버지가 이사 가기 전에 과외에서 더 많이 배워야겠다고
생각했다.

할아버지는 벌써 짐을 많이 싸 두었다. 책장은 거의 다 비워
있었다. 할아버지는 슬퍼 보였다.

좀 이따 아르투어, 안젤름, 피젤이 왔다. 과외가 끝나서 좀 피곤했다. 곧 이어 라테 형과 친구들이 문 앞에 덜덜덜 떨면서 서 있었다. 형들은 모레 수학 시험을 쳐야 한다는 사실을 까먹었던 것이다. 이제 할아버지는 저 세 학생을 가르쳐 줘야 한다.

난 좀 외롭다는 생각을 했다.

9월 27일 화요일 오후 7시 42분

콘스탄체가 제임스에게 자기가 헹크와 사귀게 되어 얼마나 행복한지에 대해 메시지를 보냈다. 그러고는 제임스도 여친이 있는지 물어봤다.

9월 27일 화요일 오후 10시

제이슨 추모 페이지는 '좋아요'가 50만이 넘었고, 온라인 뉴스들도 쌓이고 쌓였다. 제이슨을 병원까지 이송했다는 119 대원의 인터뷰까지 나왔다. 물론 그 대원의 이름은 아무도 모른다. (당연히 이름을 밝힐 수 없겠지!!) 다들 미쳐 돌아가고 있었다. 몽땅 다!

그리고 콘스탄체는 자기 페이스북에다 자기가 헹크와 사귀게 되어 어~~~~~얼마나 행복한지 대문짝만 하게 써 놓았다.

칼리도 페이스북을 한다. 재미로 걔 이름을 찾아봤는데 떡하니 나왔다. 제임스 이름으로 친구 맺기를 할 수도 있겠지만, 별로 좋은 생각은 아닌 것 같다.

어쩌면 내 진짜 페이스북을 다시 살려서 친구 요청을 할 수도 있을 것이다. 페이스북 친구가 겨우 셋인 건 진짜 창피한 일이다.

이제 자야겠다. 아빠는 아직 내가 완전히 다 나은 게 아니고 의사도 불편한 밖의 공기 매트리스에서 자지 말고 따뜻한 집의 편한 침대에서 자라고 처방했다고 말했다. (타넨바움 할아버지 집에선 공기 매트리스 말고 침낭에서 잔다.)

9월 28일 수요일 오전 4시 3분

타넨바움 할아버지는 이사할 필요가 없다! 아주 간단하게 풀 수 있는 일이다.

잠이 들었다가 내가 뭘 해야 하는지 퍼뜩 생각이 나서 깨 버렸다. (제임스로) 페이스북에 로그인해서 콘스탄체 담벼락에 글을 썼다. 무엇보다도 새 남친이 생겼는데도 제이슨을 잊지 않고 신경을 많이 써 줘서 고맙다는 인사를 했다.

그다음엔 제이슨 추모 페이지에 참여한 모든 사람들에게 감사의 인사를 하고는 온 가족이 조용히 지내고 싶어 한다는 사실과 병원에 대해 신문이 떠들고 있는 건 사실이 아니라는 걸 알아 달라고 썼다.

그러고는 제이슨이 평소에 존경하던 분이 엄청난 위기에 빠져 있다는 사실을 썼다. 그분은 바로 천문학 고전인 《별》이란 책을 쓰신 다니엘 타넨바움 교수라고 썼다.

난 "내 동생 제이슨은 언제나 이 책을 들고 다녔어. 제이슨이 독일에 갔을 때 교수님과 개인적으로 알게 되는 행운을 얻었지. 제이슨은 물리가 젬병이었는데 교수님이 최고 점수를 받도록 도와줬지. 그 덕분에 대학에서 물리학을 전공하려고도 했어. 얼마 전에 친구들이 타넨바움 교수님이 어려운 지경에 빠졌다는 소식을 전해 왔어."라고 덧붙였다.

그러고는 방송국 홈페이지에서 뉴스 보도 링크를 찾아 끼워 넣었다.

"너희가 진실로 제이슨을 도와줄 마음이 있다면, 교수님을 도와드렸으면 해. 교수님은 30만 유로가 필요하다고 하더군. 30만 명이 넘잖아. 교수님은 늦어도 금요일까지는 그 돈을 마련해야 한대."

난 엔터를 눌러 글을 올렸다. 1분 뒤에 몇백 명이 '좋아요' 버튼을 눌렀다. "좋은 생각! 추진하자.", "드디어 제이슨을 위해

할 수 있는 일을 찾았다." 뭐 이런 바보 같은 댓글들이 달리기 시작했다.

난 콘스탄체에게 쪽지를 보내서 타넨바움 교수님을 위한 기부 계좌를 만들어 줄 수 있는지 물었다. 타넨바움 교수님 주소를 알려 주고 나서 (제임스는 콘스탄체가 교수님 주소를 아는지 모르는지 모르니까!) 작별 인사를 하고 제임스 페이스북을 없애 버렸다. 잠이 다 깨 버렸다. 그리고 완전 흥분했다.

9월 28일 수요일 오후 9시 56분

나는 타넨바움 할아버지가 짐 싸는 걸 도왔다. 그러고는 적색 거성 이야기를 좀 나눴다.

콘스탄체가 어떻게 하고 있는지 모른다. 제임스 페이스북을 좀 더 살려 둘 걸 그랬다.

칼리는 날 보며 계속 웃어 보이지만, 난 뭘 어떻게 해야 할지 모르겠다. 칼리만 보면 걔 혀가 내 입 속에 들어왔던 장면이 떠올라서 정상적으로 말을 걸 수가 없다. 정말 이상하다.

여친이 생기면 둘이 무엇을 같이해야 하는지, 학교 같은 곳에 같이 다녀야 하는지, 수영장에서 같이 놀면 안 되는 건지 어떻게 되는 건지 정말 모르겠다. 그러니까 내 말은 하루 종일 내 그게 발딱 서 있을 것 같단 말이다.

칼리가 수업 시간에 내 옆에 앉았다!
콘스탄체와 헹크는 같이 뭘 할까?
난 완전 상처 입었다.
더 이상 아무 생각이 나질 않는다.

좋아, 이렇게 하면 되는구나. 내 그게 커지면 콘스탄체와 헹크
생각을 하면 되는구나. 그럼 어기적어기적 걷지 않아도 되고 편
하게 학교에 갈 수 있겠구나.

9월 29일 목요일 오전 7시 39분

엄마가 눈치 없이 거시기를 위한 크림을 가져다 놓았다.
어떻게 엄마가 알아챘지?
으아아아아아아아아아악!!!!!!!!!!!!!

9월 29일 목요일 오후 1시 33분

큰일 났다! 할아버지는 벌써 짐을 다 싸고 트럭을 빌려 오늘

이사를 하려고 했다. 플래카드를 떼어 내느라 할아버지를 가까스로 말릴 수 있었다.

내가 말했다.

"어디로 가실 거예요? 아직 새집이 없으시잖아요!"

"짐을 어디다 맡겨 두고 4주 정도 발트해로 여행을 떠날 거다. 그동안에 어디서 살지 좀 알아보면 된단다."

난 어리둥절해서 물었다.

"발트해에 집을 구하실 거예요?"

엄마, 아빠 말고 발트해에 맘대로 갈 수 있는 사람이 또 있었다니!

"거기도 괜찮지. 하지만 아직 확실한 건 아니야."

"하루만 더 머무시면 안 돼요?"

페이스북을 없애지 말아야 했어. 으이그, 이런 멍청이. 이젠 더 이상 콘스탄체 페이스북을 살펴볼 수 없다. 어쩌면 콘스탄체는 돈을 못 받은 게 아닐까?

"에드바르트야, 넌 나 없이도 학교에서 잘할 수 있어. 날 믿어도 좋아. 라테와 걔 친구들을 봐라. 오늘 수학 시험을 치는데 나중에 성적표를 받으면 낙제하지 않는다는 걸 알게 될 거다. 내기해도 좋단다."

"네, 잘하겠죠."

할아버지는 "아니, 아니란다. 걔네들이 자리에 앉아 공부했기 때문이다." 하고 말했다.

"아, 말도 안 돼요. 할아버지 덕분이잖아요. 할아버지가 말하는 건 다 재미있다고요."

"그렇다면 너희들은 공부에 또 다른 재미가 있는지 찾아봐야할 거다. 거기엔 내가 필요하지 않을 테지."

내 머릿속은 온통 뒤죽박죽이었다. 할아버지가 집을 살 수 있게 돈을 다 모으려고 했지만 별로 좋지 않은 말을 해야 할 거 같으니까. 그래, 결국은 실패할 거다. 그런데 뭐라고 얘기해야 하지? 그렇지 않다면? 잘될까? 아니 안 될까?

생각이 계속해서 뒤죽박죽이 되었다가 갑자기 입 밖으로 이런 말이 튀어나왔다.

"그래도 라테 형, 노피 형, 쿠겔 형이 5를 받는 것에 내기를 하겠어요."

할아버지가 물었다.

"내기하자고? 무슨 내기할까?"

"루이지 아저씨네서 피자 사기요."

루이지 아저씨는 길 끝에서 이탈리아 음식점을 하고 있다. 그 아저씨도 저번 파티에 왔을 거다. (잘 기억은 나지 않지만…….)

할아버지가 웃으며 말했다.

"넌 내가 하루 더 머물기를 바라는구나. 좋다 좋아. 내기하자 꾸나."

할아버지가 악수를 하려고 손을 내밀자 잽싸게 잡아 버렸다. 어쨌거나 적어도 하루 늦추는 건 성공했다.

할아버지가 말했다.

"이젠 그렇게 서두를 필요가 없겠구나."

"짐을 이미 다 쌌는 줄 알았는데요."

"그래, 하지만 천문대에 하루 데려가고 싶구나. 하룻밤을 더 보낼 수 있으니까 천문대와 천체망원경을 구경시켜 주마."

할아버지는 절대 이사하면 안 된다. 콘스탄체가 내일 페이스북 친구들에게 돈을 못 건다면 뭔가 다른 일을 해야 한다.

그런데 뭘 할 수 있지? 콘스탄체에게 전화해 볼까?

9월 29일 목요일 오후 1시 38분

콘스탄체는 내 전화를 받지 않았다. 다섯 번이나 걸었는데!

9월 29일 목요일 오후 2시 3분

정말 순수한 마음으로 콘스탄체에게 "별일 없어?" 하고 문자를 보냈더니 "신경 좀 꺼 줄래?" 하는 문자가 왔다.

9월 29일 목요일 오후 2시 16분

또 문자를 받았다. 이번에는 칼리다. 칼리는 "우린 학교 끝나고 딴 데 가야 해. 운동하러 가야 해. 말한다는 걸 잊었어."라고 했다.

관 심 없 거 든! 난 할아버지랑 천문대에 간다고! *^^*

그런데 퍼뜩 딴 생각이 떠올랐다. 할아버지에게 빌려 줄 돈을 대출 받을 수 있는지 아빠에게 물어봤다. 아빠는 안 된다고 말했다. 점심을 준비하느라 집에 있던 엄마는 완전 화난 얼굴로 문을 쾅 닫고는 나가 버렸다. 곧 엄마 자동차 소리가 크게 들렸다. 엄마는 그새 어디론가 가 버렸다.

9월 30일 금요일 오전 8시 29분

야호! 목소리가 거의 다시 돌아왔다. 어제 저녁에 봤던 걸 신나서 할아버지에게 주저리주저리 떠들어 댔다. 완전 말이 설사처럼 쏟아졌다. 하지만 진짜 신 나서 말을 멈출 수가 없었다.

할아버지는 "에드바르트야, 나도 그 자리에 있었잖니. 나도 우리가 뭘 봤는지는 다 알고 있다." 하고 말했다. 그래도 난 할아버지에게 천체물리학을 공부하면 무슨 직업을 가질 수 있는지, 그리고 무엇을 공부해야 하는지 등을 꼬치꼬치 캐물었다.

타넨바움 할아버지는 껄껄껄 웃다가 내가 할아버지를 완전 귀찮게 만드는 녀석이라고 말했다. 하지만 이야기해 주는 걸 분명히 좋아했다.

그리고 할아버지는 칠레의 아타카마 사막에다 거대 전파망원경을 건설하던 얘기를 해 주었다. 그 망원경 이름은 알마인데, 거대 밀리파와 준밀리파 대역으로 측정할 수 있다고 했다. 하지만 난 그게 정확하게 무슨 뜻인지 잘 알아듣지 못했다. (밀리파와 준밀리파는 아주 많은 정보를 전송할 수 있어 군사용 및 통신 위성에 사용되는 전파다.—옮긴이) 알마는 아직도 건설되고 있으며 완공되면 전파망원경 중에서 성능이 가장 뛰어난 것이 될 거라고 설명했다. 그리고 할아버지는 심지어 그곳에서 프로그래머로 일하고 있는 한 사람을 안다고 했다.

"내가 그 사람을 너에게 소개할 수 있을 거다. 아주 친절하고 똑똑한 사람이지. 이름이 데이비드란다."

"그분도 천체물리학자인가요?"

"아니, 정보학자야."

그러고는 알마가 가진 특별한 의미를 설명해 줬다. 알마는 이

전의 전파망원경으로는 볼 수 없는, 아주 먼 거리에 있거나 아주 차가운 물체를 볼 수 있게 한다고 했다. 오오! 완전 흥분되는 이야기였다. 이에 대해선 아직 공식적인 언론 보도가 없다고 한다. 그럼 난 지금 비밀을 알고 있는 셈이다.

하지만 여전히 콘스탄체 소식은 모른다.

오늘 칼리는 아르투어와 피젤과 함께 학교에 남아 있어야 한다고 문자를 보냈다. 숙제를 깜빡 잊고 하지 않았다는 것이다. 안젤름은 우리가 만날 때에만 나타난다.

칼리에게 답장했다.

"할아버지는 내일 아침까지 계시니까 작별 인사를 할 수 있을 거야."

애들이 오늘 올지는 두고 봐야지.

9월 30일 금요일 오후 1시 29분

내기에서 졌다. 당연한 소리지만! 아빠를 졸라서 피자 살 돈을 타 내야 한다. 노피 형과 쿠겔 형은 10점을 받아 2를, 라테 형은 13점을 받아 1을 받았다. 셋은 너무 기쁜 나머지 할아버지를 꽉 끌어안다가 그것도 모자라 헹가래를 쳤다. 그러고 나서 셋은 정원에 앉아 맥주 병을 따서 기쁨을 나눴다. 할아버지는 그냥 웃기만 했다.

내가 할아버지에게 "할아버지는 아주 멀리로 이사 가실 건가요?" 하고 물었다.

난 할아버지가 눈물을 조금 흘리는 걸 봤다.

"너희들이 정말 그리울 거다."

"여기서 머무르실 순 없으세요?"

"그랬으면 좋겠다. 하지만 그건 불가능해."

난 어깨를 으쓱하고 말았다.

학교는 벌써 끝났지만 콘스탄체는 보이지 않았다.

칼리가 "너희 할아버지 집에 있어?" 하고 문자를 보냈다. 난 답장을 보내지 않았다. 뭐 이런 멍청한 질문이 다 있담.

9월 30일 금요일 오후 5시 22분

아빠가 건너와서 잡담을 늘어놓기 시작했다. 할아버지는 아빠에게 내가 천체물리학을 꽤 좋아한다고 이야기했다. 아빠는 전혀 이해하지 못했다. 언제나 내가 예술을 하기를 바랐기 때문이다.

아빠는 "그런 건조한 건 안 했으면 좋겠는데." 하고 말했다.

타넨바움 할아버지는 "천체물리학은 전혀 건조한 학문이 아니에요." 하고 대답했다.

아빠는 "아, 좋아요. 건조하진 않지만 이론적이에요." 하고 말했다.

할아버지가 "에드바르트는 사물들이 어떤 방식으로 서로 관계를 맺는지에 관심이 있어요. 괴테의 《파우스트》 식으로 말하자면, 이 세상을 가장 근본적인 시각으로 통괄하는 것 말이죠." 라고 말했다.

아빠가 "그럼 파우스트는 나중에 어떻게 됐죠?" 하고 물었다.

할아버지가 대답했다.

"하지만 괴테는 나중에 어떻게 됐죠? 괴테가 쓴 글은 자연과학이 문학보다 더 중요합니다. 물리학은 여러 학문 분야를 가능하게 했다는 점을 잊어버리면 안 됩니다."

이런 식으로 대화가 오고갔다. 역시 난 이해하지 못했다. 끝내 아빠는 밥이나 먹으러 가자고 했다. 그러면 콘스탄체가 왔을 때 아무도 없을 것이라는 생각이 갑자기 떠올랐다. 그래서 난 두 분을 루이지 아저씨네로 가게 하고 문에다 쪽지를 붙였다.

"루이지 아저씨네 있음."

그리고 혹시나 해서 몇 분을 더 기다렸다.

하지만 콘스탄체는 오지 않았다. 어쩔 수 없이 지금 피자 집으로 간다.

9월 30일 금요일 오후 6시 30분

칼리가 다른 사람들과 함께 루이지 아저씨네로 왔다. 그리고 쪽지도 떼어 왔다! 그럼 콘스탄체가 우릴 어떻게 찾으라고? 칼리가 내 옆에 앉자마자 나는 쪽지를 빼앗으며 "곧 올게." 하고 말하고는 달려 나갔다.

운동을 좀 해야겠다는 생각이 들었다. 때론 운동을 해 두는 게 필요하다는 걸 깨달았다.

아무튼 땀을 흠뻑 흘리면서 문 앞에 다다랐더니, 콘스탄체와 콘스탄체 엄마가 초인종을 누르고 있었다.

콘스탄체다! 결국 해냈구나!

난 콘스탄체를 뚫어져라 쳐다봤다. 하지만 콘스탄체는 고개를 휙 돌리곤 딴 데를 봤다.

아줌마가 말했다.

"아, 안녕, 에드바르트. 아빠도 계시니?"

내가 되물었다.

"어디에요? 여기요?"

아줌마는 "글쎄, 어디 계실까? 집에 계시니?" 하고 묻더니 조심조심 초인종을 다시 눌렀다.

나는 아줌마에게 "아빠는 타넨바움 할아버지랑 루이지 아저씨네에 있어요. 다들 피자 먹으러 갔거든요."라고 말하면서 콘스탄체를 힐끔 쳐다봤다.

그러자 콘스탄체가 신경질적으로 "그럼 넌 왜 여기 있어?" 하고 물었다.

난 쪽지를 보여 주며 "문에다 쪽지를 붙이려고 했지." 하고 말했다.

콘스탄체가 물었다.

"누구 보라고?"

난 "너랑 아줌마 보라고."라고 말하려 했다. 하지만 갑자기 내가 제임스 일을 알고 있으면 안 된다는 사실이 떠올랐다. 하마터면 들킬 뻔했네.

"음, 엄마 때문이야."

그러자마자 엄마가 마구 헝클어진 머리를 하고선 달려왔다.

엄마가 콘스탄체와 아줌마는 본체만체하고 "타넨바움 할아버지 어디 계시니?" 하고 물었다.

아줌마가 아주 반가운 목소리로 "아, 안녕하세요? 드 비니 부인!" 하고 인사했다.

콘스탄체가 "칫!" 하고 투덜댔다.

엄마는 그제야 그 둘이 여기 있는 걸 알아봤다는 듯이 "아, 음, 성함이 뭐였더라……. 아무튼 문 앞에서 길이라도 잃으셨나요?" 하고 말했다.

내가 잽싸게 말했다.

"다들 루이지 아저씨네 있어요. 엄마 기다리고 있었어요."

아줌마가 눈을 반짝이며 "그럼 너희 아빠도 거기 계시니?" 하고 물었다.

난 막 뛰었다. 셋은 날 따라왔다. 아니 끌고 간 셈이다. 자꾸 뒤처지는 바람에 난 잠깐 멈춰서 기다려야만 했다. 엄마는 마치 딴 세계에서 딴 생각하며 사는 사람 같아 보였고, 콘스탄체는 삐쭉빼쭉하며 스마트폰만 연신 쳐다보고 있었다. 아줌마는 립스틱을 바르고 머리를 매만지며 걷고 있었다.

그러다 보니 먼저 도착하게 되어 층계참에서 기다렸다. 이런! 느낌이 별로 좋질 않다. 콘스탄체가 돈을 모았더라면 아마 웃고 있었겠지? 그런데 왜 아줌마를 데려왔을까? 분명히 아줌마는 아빠를 보러 왔다가 못 만나자 할아버지 집으로 왔을 것이다. 그리고 콘스탄체는 우연히 따라온 것이고.

기분이 나빠졌다.

10월 1일 토요일 오전 11시 21분

무슨 말부터 해야 할지 모르겠다. 헷갈리지 않으려면 아무래도 그냥 순서대로 적어야겠다.

콘스탄체와 아줌마와 엄마는 아무리 시간이 흘러도 루이지 아저씨네에 도착하지 않았다. 왜 그랬는지는 모르겠다. 어쨌거나 난 들어가서 다시 테이블 앞에 앉았다. 할아버지가 아빠에게 말했다.

"집주인 여자가 내일 아침 일찍 온다는군요. 그 여잔 날 만날 이유가 없으니까 우체통에다 열쇠를 넣으라는군요. 그리고 마지막 달 월세는 내가 더 이상 화를 내지 않고 나간다면 안 받겠다는군요."

아빠는 "음, 이사 가시고 나서도 그 여잔 이사 오지 않을 거예요." 하고 말했다.

문이 열리고 엄마가 들어왔다.

"여보, 얼굴이 왜 그래?"

"할 말이 있어요. 아주 중요한 말이에요."

그런데 엄마가 말하기 전에 콘스탄체가 "저도 할 말이 있어요." 하고 소리를 질렀다.

칼리가 나에게 "으으, 꼭 오리같이 꽥꽥대는 목소리네." 하고 소곤거렸다.

콘스탄체 엄마가 "아, 드 비니 씨, 여기 계실지는 몰랐어요. 우린 서로 거의 만나는 일이 없었네요." 하고 재잘대며 웃었다.

웃음소리가 좀 바보 같았다. 마치 가짜 웃음처럼 들렸다.

엄마가 "그러니 조연이나 맡을 수밖에 없지." 하고 말했다. 엄마 분명히 입 밖으로 낼 생각이 없었을 거다. 하지만 그러고 싶었을지도 모른다.

콘스탄체가 "안녕하세요, 타넨바움 할아버지?" 하고 인사를 했다.

할아버지는 누군지 알아보려고 노력하며 말했다.

"아, 그래, 넌……."

내가 "우리 반 콘스탄체예요." 하고 소곤거렸다.

콘스탄체가 말했다.

"음, 그러니까, 전 제이슨 친구예요."

할아버지는 눈썹을 추켜 떴다.

난 당황해서 "제이슨은 옛날에 할아버지한테서 과외를 받은 애예요. 나중에 다 말씀드릴게요."라고 속삭였다. 이 생각은 전혀 하지 못했다. 할아버지가 모른척하면 모든 일을 다 망친다!

할아버지는 "음, 아 그래, 제이슨이었지." 하고 말하곤 미심쩍은 듯이 콘스탄체를 쳐다봤다. 그럭저럭 할아버지는 내 의도를 잘 알아준 셈이다.

"네, 맞아요. 제이슨이요. 하지만 안타깝게도 죽었어요. 너무나 끔찍한 일이라 우린 제이슨의 가족에게 뭔가 도움을 주려고 했죠. 근데 제이슨은 평소에 할아버지를 엄청 존경하고 있었어요. 할아버지가 어려운 처지에 있다는 소식을 듣고는 도와드리고 싶어 했어요. 그래서 우리가 제이슨을 위해 할아버지를 도와드리려는 거예요."

콘스탄체는 자기 엄마를 어정쩡하게 쳐다보며 "내가 뭔가 잊은 게 있나요?" 하고 물었다.

"아니, 잘했단다. 얘야, 계속해라."

난 심장이 오그라들 정도로 잔뜩 흥분했다. 이제 콘스탄체는 할아버지에게 돈을 줄 거고, 할아버지는 집을 살 거고, 그럼 모든 게 다 해결될 거다. 난 거의 쓰러질 지경이었다.

콘스탄체가 드디어 입을 열었다.

"제이슨은 할아버지의 팬이었을 뿐만 아니라 우리 엄마의 팬이기도 했어요. 그래서 엄마가 할아버지를 위해 노래를 하겠대요. 제이슨이 가장 좋아하던 노래인데, 베토벤의 〈남자들은 늘 군소리를 찾아요〉라는 노래예요."

아줌마가 "모차르트란다. 그리고 〈남자들은 늘 군것질거리를 찾아요〉란다, 얘야." 하고 웃으며 말했다. (〈남자들은 늘 군것질거리를 찾아요〉는 모차르트의 오페라 《카이로의 거위》에 나오는 소박하고 해학적인 아리아다.—옮긴이)

아줌마는 콘스탄체 스마트폰을 콕콕 눌러 깡깡거리는 피아노

소리를 나오게 했다. 그러고 나서 노래를 부르기 시작했다.

아빠는 몹시 괴로운 표정을 지었다. 엄마는 눈알을 굴리기 시작했다. 할아버지는 무언가 묻는 표정으로 날 쳐다봤고 난 어깨를 으쓱했다. 루이지 아저씨는 주방 뒤에서 몸을 마구 흔들다가 목을 긋는 시늉을 했다. 다들 당황해서 입을 쩍 벌리고 있었다. 라테 형, 노피 형, 쿠겔 형은 아예 노래에 따라 의자를 이리저리 움직여 댔다. 아줌마는 노래를 아주 잘 부르는 것 같긴 하지만, 너무 크게 불렀다. 사람이 바로 앞에 있는데도 말이다.

마침내 아줌마가 노래를 마쳤다. 모두 조용히 있었다. 그러다 우린 박수를 쳐야 한다는 걸 깨달았다. 아줌마가 모두에게 허리를 굽혀 인사를 하며 "감사합니다. 감사합니다."를 하지 않았더라면 우린 그냥 멍하게 있었을 것이다.

아줌마는 아빠와 할아버지 사이로 의자를 끌고 와서 앉더니 "아주 훌륭한 옛 친구를 잃어버렸다니 삼가 조의를 표합니다." 하고 말했다.

할아버지는 조심스럽게 고개를 끄덕였다.

아줌마는 아빠 쪽으로 몸을 돌리더니 주저리주저리 말을 늘어놓기 시작했다. 아빠는 아주 싫은 표정을 짓다가 주방 근처에서 포도주를 마시고 있던 엄마하고 눈을 마주쳤다. 엄마는 포도주를 꿀꺽꿀꺽 마시더니 우리 쪽으로 다가왔다. 엄마는 누가 뭐라고 할 새도 없이 말을 하기 시작했다.

"나도 할 말이 있어요. 여보, 나 결정했어요. 난 앞으로……."

콘스탄체가 엄마 앞으로 바싹 다가오며 "아직, 아직이요. 제 말이 아직 덜 끝났어요." 하고 말했다.

엄마는 다시 눈알을 굴리다가 한숨에 남은 포도주를 마셔 버리고는 주방으로 가 버렸다.

콘스탄체는 "음, 엄마, 고마워요. 정말 감동적이었어요. 제이슨도 틀림없이 좋아했을 거예요. 다시 한 번 엄마한테 박수를 보내 주세요." 하더니 박수를 치기 시작했다.

난 칼리를 쳐다봤다. 칼리는 고장 난 물개 장난감처럼 뻣뻣하게 손바닥을 마주쳤다. 칼리는 날 보고는 눈썹을 찡그리면서 뭔가를 묻는 듯했다. 난 어깨를 으쓱하고 말았다. 콘스탄체 엄마가 일어나서 인사를 하고 "고맙습니다, 고맙습니다!" 하고 외쳤다. 그러고는 다시 자리에 앉아 아빠 귀에다 대고 말을 쏟아 내기 시작했다.

콘스탄체가 말했다.

"그리고 할아버지께 또 드릴 말씀이 있어요. 제이슨의 가족은 장례식도 안 하고 조화도 받지 않는 대신에 할아버지가 집을 살 수 있도록 돈을 기부해 달라고 했어요."

콘스탄체는 테이블을 끌어당기며 말했다.

"여기 통장이 있어요. 아마 월요일에는 돈이 더 많아질 거예요. 외국에서도 송금하는 데다가 아직 통장 정리를 다한 게 아니거든요."

콘스탄체는 통장을 테이블 위에다 내려놓고 말했다.

"엄마, 얘기 다 했으니까 이제 가도 돼요."

"아니, 앉아서 콜라라도 마시렴. 아니면 주스를 마시든지. 여기 지휘자님이 나랑 더 얘기하고 싶어 하시는 게 보이지 않니?"

아빠는 잽싸게 "아, 음, 아니에요. 가야 한다면 어서 가세요." 하고 말했다.

콘스탄체는 삐친 얼굴로 뒤도 돌아보지 않고 휙 나가 버렸다. 난 문이 닫힐 때까지 콘스탄체를 바라보다 울 지경이 되었다.

칼리가 내 귀에다 대고 말을 했다.

"어떻게 저런 일을 했는지는 모르겠지만, 넌 분명히 뭔가를 숨기고 있어. 내 말이 맞지?"

난 깜짝 놀라 칼리를 쳐다봤다.

"어떻게 알았어?"

"감이야. 자 얘기해 봐."

난 머리를 흔들었다.

"나중에 할게. 정말 얘기가 길어."

"그럼 왜 아무도 알아선 안 되는데?"

"그것도 얘기가 길어."

"그럼 제이슨은 누구야?"

"얘기했잖아. 정말 긴 얘기라서 지금은 안 돼."

칼리는 정말 날 귀찮게 한다.

엄마는 주방 앞에서 계속 포도주를 마시고 있었다. 칼리는 내 신경을 박박 긁었다. 그래서 난 일어나 엄마에게 갔다.

"아까 하려던 말이 뭐였어요?"

엄마는 머리를 흔들었다.

"아까 그 못된 꼬마 녀석이 내가 할 말을 빼앗아 버렸어."

"콘스탄체가요? 콘스탄체는 못되지 않고……."

"에드바르트야, 내년엔 꼭 여자 보는 눈 좀 높이길 바란다."

"아니에요. 콘스탄체는 안 그래요."

난 계속 항의하려다 엄마 이야기를 더 듣고 싶었다.

"그러니까 아까 무슨 말씀을 하려던 거였어요?"

엄마가 어깨를 으쓱하며 "갤러리를 팔아 버렸단다."하고 말했다.

"네?"

"그래, 올바른 결정이었는지는 모르겠다만, 더 이상 하고 싶지 않아서야. 아무튼 팔았어. 그래서 돈이 좀 생겼어. 그 돈으로 타넨바움 할아버지의 집을 사려고 했어. 하지만 이미 끝난 일이구나."

엄마는 포도주를 한 잔 더 주문했다.

"그러니까 엄마가 그 집을 사려고 했다고요?"

엄마가 말했다.

"그래, 내 말을 어디로 들었니?"

"그럼 앞으로 엄마는 무슨 일을 해요? 실업자가 된 거예요?"

"그래, 그렇게 된 셈이지."

"그럼 고용센터에 가서 실업 연금을 받게 되나요?"

엄마는 큰 소리로 웃었다.

"학교에선 어떻게 살아야 하는지에 대해 전혀 안 가르쳐 주니? 난 실업 연금은 받지 않아. 갤러리를 판 돈으로 다른 일을 할 거다. 할아버지는 내 돈이 필요 없게 되었으니……. 걱정 마라. 넌 굶어 죽지도 않고 이사하지도 않을 거야."

"그런 생각은 안 했어요."

엄마는 "확실히 학교에선 배우는 게 하나도 없구나." 하고 말하더니 포도주를 기울였다.

내가 말했다.

"엄마, 할아버지를 도와드리려고 한 건 정말 멋졌어요."

엄마는 어깨를 으쓱하고는 "너 때문이었어. 네가 행동을 했으니까 내가 생각을 다시 하게 된 거지. 그래 고맙다, 에드바르트야."라고 말했다.

엄마는 윙크를 하고 포도주를 세 잔째 마시기 시작했다.

"콘스탄체 엄마는 아빠를 아주 좋아하는 거 같은데요?"

엄마가 말했다.

"그래, 그렇구나."

내가 물었다.

"가서 아빠를 구출해야 하지 않아요?"

"아빠는 어른이니까 알아서 할 거다. 자, 우린 할아버지한테 가서 축하 인사를 하자."

우리는 루이지 아저씨네서 한밤중까지 놀았다. 엄마는 우리 보고 마음껏 먹고 마시며 놀라고 했다. 엄마가 다 계산한다고 했다. 정말 멋진 파티였다.

타넨바움 할아버지는 내 옆으로 와서 "에드바르트야, 역시 넌 이 모든 일에서 내 마스코트였다는 느낌을 지울 수가 없구나. 자, 이제 제이슨이 누구인지 얘기해 줘라." 하고 말했다.

난 침을 꿀꺽 삼키며 "제이슨은 없어요." 하고 말했다.

할아버지는 날 진지하게 쳐다보며 물었다.

"그럼 내가 몰라도 되는 걸까?"

난 어깨를 으쓱하며 "아마도 모르시는 게 나을 거예요. 합법 적인 것만 있는 게 아니거든요." 하고 말했다.

그러자 할아버지가 껄껄 웃으며 말했다.

"그래, 좋다. 다시는 묻지 않으마. 하지만 이건 확실하게 말하자. 네 과외 말이다, 그 얘긴 다시 하자꾸나."

"뭐라고요? 그만두시게요? 그러시면 안 돼요. 전 과외를 받아야 한다고요."

할아버지는 다시 웃었다.

"그래, 나도 과외가 필요하다. 홈페이지를 어떻게 만들어야 하는지 네가 나한테 가르쳐 줘야 하거든."

난 할아버지에게 왜 홈페이지가 필요한지 물었다.

"아마도 과외 내용을 기록해야 할 것 같아서 말이다. 그게 좋을 것 같다. 널 가르친 것으로 라테나 다른 친구들도 가르칠 수 있잖니."

할아버지에게 나에게 부탁을 하다니 완전 흥분됐다.

"그럼 홈페이지는 필요 없고요, 페이스북 정도면 충분해요. 어떻게 하는지 가르쳐 드릴게요."

그러면서 나도 하나 만들어야지.

헤어질 때 칼리는 내 뺨에 키스를 하고는 재빨리 사라졌다. 다른 사람들은 부모님이 와서 데려갔다. 그리고 우린 느긋하게 집으로 돌아왔다.

끝내주는 밤이었다!(콘스탄체가 있었으면 더 좋았을 텐데…….)

10월 1일 토요일 오후 5시 37분

《스타 트렉》 행사는 끄으으으으으을 내줬음! 우린 노피 형과 쿠겔 형도 데려갔다. 둘은 페렝기족 코스프레를 했는데 진짜 웃겼다. 하하하하하하!

10월 2일 일요일 오후 7시 51분

할아버지에게 페이스북 계정을 만들어 줬다. 그리고 나도 내 이름으로 페이스북을 만들었다. 에드바르트 그레고리 발터 드 비니로 말이다.

우린 어제 《스타 트렉》 행사에 다녀왔다. 거기서 사진을 잔뜩 찍었다. 이제 곧 페이스북에 올릴 거다. 조르디 라 포르지 독일어 성우에게 사인도 받았다. 그리고 웨슬리 크러셔 역할을 한 배우와 함께 사진도 찍었다. (안젤름이 찍어 줬다.) 하지만 난 그 배우를 좋아하지는 않는다. 뭐든지 다 아는 척을 해서다. 안젤름은 그 배우를 좋아한다. 하하하. (조르디 라 포르지와 웨슬리 크러셔는 모두 《스타 트렉》의 등장인물이다. -옮긴이)

난 벌써 페이스북 친구들을 만들었다. 타넨바움 할아버지 말고 아르투어, 안젤름, 피젤, 라테 형, 라테 형 친구들과 말이다.

칼리는 나에게 친구 요청을 한 첫 사람이 되었다. 그렇게 빨리 찾아내다니!

칼리 담벼락에는 "날 사로잡는 어떤 사람을 알고 있다. 별들과 이런저런 것들로."라는 글이 있었다.

누구를 안다고?

10월 2일 일요일 오후 9시 15분

콘스탄체는 내 친구 요청을 씹고 있다. 하지만 타넨바움 할아버지가 한 요청은 받아들였다. 그래도 되는 거야?

칼리가 말을 걸었다.

"그 망할 년은 잊어버려."

내가 대답했다.

"누구 말하는지 모르겠어."

칼리가 말했다.

"그래. 그리고 멍멍이들은 잘 날아가 버리지."

내가 대답했다.

"푸들을 발코니에서 차 버리면 휙 날아갈 거야."

내일은 다시 학교에 가야 한다. 이런 특별 방학을 보낸 건 정말 좋았다. 헹크 같은 애도 보지 않고 말이다.

타넨바움 할아버지 페이스북을 통해 콘스탄체 담벼락을 볼 수 있었다. 콘스탄체는 "키스할 줄 모르는 애들이 있다니!"라고 담벼락에다 글을 남겼다.

콘스탄체는 페이스북 상태를 '연애 중'에서 '싱글'로 바꿨다.

헹크는 내일 기분이 아주 좋지 않겠군.